Karsten Schiemann, Jahrgang 1966, in Dresden geboren und aufgewachsen, ist gelernter Schriftsetzer. Seit 1990 arbeitet er freiberuflich als Tontechniker und Musiker, vor allem in der Theater-Branche. Mitte der 2000er Jahre erkennt er seine Liebe zum Schreiben, die Idee zu dieser Novelle war der Auslöser dafür. Mittlerweile schreibt er an einem Roman und hat mehrere Theaterstücke und Anthologie-Projekte in Bearbeitung.

Karsten Schiemann

Am Abend mancher Tage

Novelle

*Bibliografische Information der Deutschen National-
bibliothek:
Die Deutsche Nationalbibliothek verzeichnet diese Publi-
kation in der Deutschen Nationalbibliografie; detaillierte
bibliografische Daten sind im Internet über
http://dnb.dnb.de abrufbar.*

*TWENTYSIX – Der Self-Publishing-Verlag
Eine Kooperation zwischen der Verlagsgruppe
Random House und BoD – Books on Demand*

© 2019 Karsten Schiemann

*Herstellung und Verlag:
BoD – Books on Demand, Norderstedt
Coverfoto Mac Kenzie via Pixabay*

ISBN: 978-3-740-76271-1

Opportunismus ist die Kunst, mit dem Winde zu segeln, den andere machen.

Carlo Manzoni

Für Annett

*Mit allergrößtem Dank an meine
Literatur-Engel Simone und Tom Bellée*

Prolog
Kronach, Mitte Juli 1990

Es ist doch noch ein schöner Vormittag in Kronach geworden. In der Nacht hat es gewittert und bis in den Morgen hinein geregnet und dabei den Staub und die Schwüle der letzten Tage aus der Luft gewaschen.

So reinigt der liebe Gott die Welt und auch die Seele, sinniert Bauer Moser, der auf seinem grünen Trecker sitzt. Er hat den Frischwassertank für seine Schafe wieder angehängt und startet den alten „Lanz-Bulldog", einen Einzylinder-Diesel mit der Kraft von 25 Pferden, der dieses unnachahmliche *Bepp ... Bepp ... Bepp, Bepp Bepp BeppBeppBeppBepp* macht. Ein Geräusch, das er liebt, weil es ihn seit seiner frühesten Kindheit begleitet.

Sein Vater hat den Trecker noch vor dem Krieg gekauft, als sie die Schäferei übernahmen, die, wie Moser erst viel später erfuhr, als getarnter Ersatzfliegerhorst für die deutsche Luftwaffe angelegt worden war. Nur sein Vater wusste das, und der hat es ihm auch erst kurz vor seinem Tode erzählt. Für alle Anderen im Ort blieb der wahre Zweck der Schäferei verborgen.

Bauer Moser fährt zum Hoftor und biegt auf die Bundesstraße ein, wo er prompt zum Verkehrshindernis wird, für die Trabis, Wartburgs, Skodas und wie sie alle heißen, die seit einem halben Jahr die Grenzregion - die schon bald keine mehr sein würde, wie er ahnt - überfluten. Während sich hinter ihm sächsische Verwünschungen mit preußischem Gezeter und anhaltinische Flüche mit Zweitakt-Auspuff-Gestank vermischen, steckt er sich seelenruhig eine Roth-Händle an und brummt vor sich hin, dass die Ossis ihm den Buckel runterrutschen mögen, er fahre jetzt zu seinen Schafen.

Im letzten November fiel die Mauer in Berlin und alle Übergänge an der innerdeutschen Grenze wurden geöffnet. Deutsche aus Ost und West lagen sich in den Armen und feierten überschwänglich das Ende der deutschen Teilung – für ein paar Tage zumindest. Schon bald aber zeigte sich, was es heißt, einen Fluss in ein enges Bett zwängen zu wollen. Wenn der Damm erst mal gebrochen ist, fließt das Wasser überall hin, auch dahin, wo man es nicht brauchen kann. So auch Trabis und Wartburgs. Bis in den letzten Winkel strömt jetzt die stinkende Pappkarawane, und nirgends hat man mehr Ruhe. Das kleine Grenzstädtchen, das bisher ganz gut von der Zonenrandförderung gelebt hat, scheint an der Last der nun täglich verstopften Straßen zu ersticken.

Einen knappen Kilometer weiter biegt Bauer Moser wieder von der Bundesstraße ab, was ihm der nervöse Trabi-Fahrer hinter ihm mit einem lautstarken

„Nu ähndlisch!"

dankt, und lenkt das knatternde Gespann in Richtung Kuhberg, wo sich seine Schäferei befindet, der Inhalt seines ganzen Lebens. Diese Straße geht recht steil bergan und der mehr als fünfzig Jahre alte Einzylinder-Diesel muss unter der Last ganz schön keuchen. Dafür hat man aber schon nach einem kleinen Stückchen Weg eine wunderbare Aussicht auf die Festung Rosenberg, das Städtchen Kronach und das Tal, das sich nach links in Richtung Sonneberg – oder „Suhnbarch", wie die Einheimischen in der Ostzone, der Noch-DDR, sagen - hin windet und nach rechts in Richtung Main später öffnet. Es ist sein Fleckchen Erde, hier ist er zur Welt gekommen, hier will er auch sterben, wenn es an der Zeit ist.

An der Schäferei angekommen steigt er vom Traktor und öffnet das Gatter. Er rangiert den Wassertank rückwärts auf die Weide und da kommen seine lieben Viecher auch schon angetrappelt. Die Schafe drängen sich um den Wasserwagen und können von dem kühlen, erfrischenden Nass gar nicht genug bekommen.

Die Feuchte des Morgens ist weg, es geht auf zehn Uhr zu. Ein sehr warmer Hochsommertag ist zu erwarten, es duftet nach Gras und nach dem nahen Wald. Die Luft ist noch klar, *fast könnte man bis nach Kulmbach schauen*, denkt Moser bei sich. *Aber wenn die Ossi-Lawine da unten im Tal nicht gebannt wird, ist es mit der Sicht bald wieder vorbei, ruiniert von Auspuffgasen und aufgewirbeltem Staub.*

Hier oben aber ist es schön. Eine Lerche hat sich in den Himmel geschwungen und singt ihr Lied. Bauer Moser tut, was er jeden Tag um diese Zeit tut: Er setzt sich auf seinen Trecker, packt die Brotzeit aus und schaut, genüsslich kauend, über sein Tal.

Unten wälzt sich die Auto-Schlange durch das Städtchen, die Luft über der Straße flirrt schon von der Hitze der Auspuffgase. *Heiß wird es wohl heute*, denkt Moser, *sehr heiß*.

Da schiebt sich ganz links von Sonneberg her ein Reisebus im Schritttempo der Kolonne ins Blickfeld. Moser kennt diesen Bus, der kommt fast jedes Wochenende. In reißerischen Lettern steht an der Seite „Schubert & Schubert Weltreisen Dresden". Tatsächlich aber veranstaltet diese Firma sogenannte Kaffee-Fahrten. Moser weiß das vom Wirt seiner Stammkneipe. Dort logieren die Herrschaften Ossis nämlich immer und dort findet auch - vor der obligatorischen Festungs-Besichtigung und nach einem eher schmalen Mittagessen - die Verkaufsveranstaltung für die „Dinge, die die Welt nicht braucht", statt.

Moser hat immer seinen Spaß, wenn gerade der Wirt Bernd Iskarióť sich über die Ossis lustig macht, war der doch selbst mal einer, und wenn er prahlt, was er denen wieder für Tinnef verkauft hat. Einmal waren es angebliche Kamelhaar-Decken gegen Rheuma, dann wieder mit Kochrezepten bedrucktes Toilettenpapier. Oder auch Teleskop-Rückenkratzer, Magnet-Heil-Steine, Bauch-weg-Gürtel, elektrische Fußwärmer oder die Krönung: ein Apfelschäler, der wie eine handbetriebene Drechselbank aussieht. Was konnte man diesen doofen Ossis nicht alles andrehen!

Der Bus hat mittlerweile die Ausfahrt der Bundesstraße erreicht und biegt in Richtung „Gasthof Alte Eiche" ab. Die Marke des alten, ungarischen Reisegefährts verspricht hochfliegend geschwindes Reisen, seine Passagiere wären aber am heutigen Tag wohl zu Fuß besser dran gewesen.

Quietschend und ächzend kommt der flügellahme „Ikarus" zum Stehen. Der Gastwirt steigt, sich die Hände an der Schürze trocknend, die Treppe herab, um die Gäste wortreich zu begrüßen. Langsam spuckt der Reisebus seine Fracht aus. Sie besteht im wesentlichen aus älteren Herrschaften, dem Busfahrer und einem vielleicht zwanzigjährigen, etwas schmalen jungen Mann, der nach dem Aussteigen wie angewurzelt stehenbleibt und sich unsicher umschaut. *Das muss der neue Reisebegleiter sein*, denkt sich Bernd Iskariót und geht auf ihn zu, als er plötzlich im selben Maße erschrickt wie sein Gegenüber.

1.

Neuhaus, eine knappe Stunde vorher

Es ist schon heiß, sehr heiß auf der Straße. Aber heißer noch im Reisebus.

„Klimaanlage jabet noch nich, als det Schätzchen hier jebaut worden ist",

berlinert der Busfahrer und zwinkert seinem Beifahrer zu. Der, Torsten Müller, ist der „Neue", der neue Reisebegleiter bei „Schubert & Schubert Weltreisen" aus Dresden. Er sitzt etwas gequält rechts vom Busfahrer und versucht die Reisenden bei Laune zu halten, indem er ihnen von ihrem Reiseziel Kronach vorschwärmt. Einer Stadt, die er auch noch nie gesehen hat, und die er nur von Hochglanzprospekten und den auswendig gelernten Texten her kennt. Immerhin: wenigstens das hat er seinen Kunden voraus. *Aber so ist man als gelernter DDR-Bürger,* denkt er, *man springt ins kalte Wasser und schwimmt einfach.* Torsten hat das nie anders kennengelernt. Er wurde einfach so in eine neue Umgebung geschubst und sollte irgendwie klarkommen. Jedes mal, wenn er von einem Heim ins andere verschoben wurde: vom Krankenhaus in verschiedene Erziehungsheime, dann später Internat und Lehre, achtzehn Monate NVA bis zum Mauerfall, danach Hausmeisterstelle, zwei Monate später arbeitslos und dann der Job bei „Schubert und Schubert". Er hatte sich darunter auch etwas Besseres vorgestellt: andere Länder, ferne Kontinente - aber das Leben ist nun mal kein Ponyhof. Und so schlecht ist es ja auch wieder nicht. Immerhin kommt man ein wenig herum im Land.

Torsten Müller ist ein junger Mann ohne Vergangenheit. Das Einzige, was er weiß: er hatte ein schweres traumatisches Erlebnis und erlitt dabei eine Schock-Amnesie. Das war im Jahr 1980, da war Torsten gerade zehn Jahre alt. Er hat keine Erinnerung an die Zeit vor seinem Krankenhaus-Aufenthalt. Seinen Vater kennt er nicht. Seine Mutter kam früh ums Leben. Seitdem ist er Vollwaise und schlägt sich mehr schlecht als recht durchs Leben.

An seine Mutter denkt er nicht oft. Er kennt sie ja kaum. Durch seinen Gedächtnisverlust hat er von Kindertagen her keine Erinnerung an sie. Nur ein Foto, das man auf dem Tischchen neben seinem Krankenbett aufgestellt hatte. Er konnte niemals richtig um sie trauern. Wie sollte er auch? Für einen Menschen, an den er keine Erinnerung hat und von dem andere sagen: *„Das ist deine Mutter"*? Wie gut kann man einen Menschen überhaupt kennen? Ist es nicht eher so, dass man sich in den meisten Menschen täuscht? Oder von ihnen getäuscht wird? Auf wen kann man sich wirklich am Ende verlassen, außer auf sich selbst?

Solcherlei düsteren Gedanken brütend, döst Torsten Müller mittlerweile auf seinem Beifahrersitz vor sich hin, während der Bus aus Neuhaus herausrollt und dem jetzt durchlässigen Grenzposten im ehemaligen Todesstreifen entgegen schleicht.

Die Grenzbeamten, bis vor kurzem noch hölzern wirkende Genossen, einsilbig und mit steinernen Mienen, scherzen jetzt untereinander. Sie langweilen sich im Großen und Ganzen und winken die meisten Fahrzeuge einfach durch. Nur gelegentlich wird mal jemand kontrolliert. Immerhin, noch sind es ja zwei deutsche Staaten, und ob die Wiedervereinigung wirklich kommt, da sind sich bei weitem nicht alle sicher. Aber es scheint „Sommer-Befehl" an die Ex-Genossen ergangen zu sein. Sie haben den obersten Kragenknopf geöffnet. Und das ist ein gutes Omen, wenn man so will. Einer der Beamten steigt in den Bus ein und grüßt mit einem ausgesucht freundlichen

„Guten Morgen!",

woraufhin die meist älteren Insassen etwas verblüfft dreinschauen. Er lässt sich zunächst die Fahrzeugpapiere zeigen. Dann bittet er die Mitglieder der Reisegesellschaft ihre Pässe oder Personalausweise in die Höhe zu halten, so, als wolle er sich nur überzeugen, dass jeder den seinen dabei hat und fragt:

„Hat jemand Pistolen, Bomben oder Heroin dabei?"

Diesen Witz hat der Ex-Genosse in seinem letzten Urlaub von einem rumänischen Zöllner gelernt, der damit den ganzen Mitropa-Waggon unterhalten hatte.

Aber die Reisenden in diesem Bus sind eher nicht so amüsiert. Einige lächeln etwas gequält aber alle halten brav ihre Dokumente hoch. Und das war es dann auch schon. Verschmitzt lächelnd wünscht der Grenzbeamte:

„Gute Reise und guten Einkauf!"

Dann steigt er aus. Der Busfahrer lässt mit einem lauten Zischen die Tür schließen. Auf den Gesichtern der Reisenden zeigt sich eine gewisse Erleichterung. Nicht, dass sie irgendetwas zu verbergen gehabt hätten. Nein, aber so kurz nach dem großen Andersrum und nachdem die Mauer achtundzwanzig Jahre lang so fest und stabil auch in den Köpfen einbetoniert war, trauen sie dem Frieden einfach noch nicht so richtig.

Ein Rütteln geht durch das Gefährt, als der Fahrer den Motor startet. Eine kleine schwarze Wolke steigt hinter dem Bus auf und verteilt sich langsam in der thüringischen Gebirgsluft, dann rollt der „Ikarus" langsam los. Der Bus reiht sich wieder ein in die lange Schlange nach dem Süden, den man weiter nördlich, im Osten, den goldenen Westen nennt.

2.
Sonneberg, 31. Dezember 1969

Bernd Iskariót ist aufgeregt. Es ist Silvester und seine Band steigert sich von Song zu Song, denn es geht auf Mitternacht zu: das Feuerwerk naht. Aber das ist es nicht, was ihn unruhig macht. In Wahrheit kennt Bernd Iskariót kein Lampenfieber. Er ist immer der ruhige, souveräne Kapellenleiter, der auch in brenzligsten Situationen die Nerven behält.

So, wie bei diesem Beinahe-Unfall heute Nachmittag. Der Morgen hatte daheim in Dresden schon dunstig begonnen. Sie haben den großen PKW-Hänger aus der Garage geholt, ihn an ihren Wolga angehängt und sind in das Band-Auto gestiegen, um zu ihrer Silvesterveranstaltung ins Thüringische zu fahren. Auf der Autobahn hinter Karl-Marx-Stadt, nach Ronneburg zu, wurde der Nebel immer dichter und dichter und Bernd schaltete die Nebelscheinwerfer ein, die er nachgerüstet hatte und die seine Kollegen liebevoll „Bernds Lampenladen" nannten. Als sie bei Erfurt auf die Fernverkehrsstraße abbogen, half das dann auch nicht mehr viel. Man sah kaum noch zehn Meter weit. Aber wie Bernds alter Klavierlehrer immer sagte:

„Mugge gehd vor eischnen Dohd!"

Sie mussten nach Sonneberg, das Publikum darf man nicht warten lassen.

„Folge dem gelben Backsteinweg!",

zitierte sein Beifahrer Gerd bedeutungsschwanger und zeigte auf die rechte weiße Fahrbahnmarkierung.

„Na, das ist eh' das Einzige, was man noch erkennt",

brummte Bernd. Die Straße wendete sich bald rechts, bald links im dämmrigen Nebel und wurde immer kurviger. Ein Zeichen dafür, dass man jetzt in den Thüringer Wald hinauffuhr. Bernd folgte immer nur dem weißen Fahrbahnrand in diese dicke Suppe hinein. Plötzlich bog die Linie nach rechts. Bernd folgte ihr. Etwa eine Sekunde später wurde es hell um sie herum und links und rechts huschten Tanksäulen vorbei. Bernd riss das Lenkrad herum und schaffte gerade noch, die Ausfahrt der Tankstelle zu erwischen, durch die er gerade ungebremst durchgefahren war. Gott sei Dank trieb sich bei diesem Wetter keiner auf der Straße, geschweige denn an Tankstellen, herum!

Nein. Bernd Iskariót ist aufgeregt, weil er seinen Kollegen eine wichtige und freudige Botschaft zu überbringen hat. Und das will er um Zwölf Uhr beim Anstoßen mit Sekt und Kaviar, für den er alle seine Beziehungen spielen lassen hatte, tun.

Deswegen kann er es kaum erwarten. Endlich ist der große Zeiger oben. Die Band spielt einen Tusch, die Sektkorken knallen, die Silvesterraketen draußen starten in den Himmel und irgendwo läuten die Glocken einer Kirche. Die Musiker gehen in den Bühnenraum des Gasthofsaals zurück, lassen den Sekt fließen und beglückwünschen sich zum Neuen Jahr. Dann erhebt Bernd die Stimme und bittet um Ruhe.

„Liebe Kollegen, ... ich hab da was zu sagen ... na nun ja, ich bin kein großer Redner..."

Bernd untertreibt maßlos und macht bedeutende Pausen, um die Wirkung zu erhöhen, eigentlich ist er ein hervorragender Redner.

„... ich will es Kurz machen: Wir dürfen!"

Eine Pause tritt ein. Auf den Stirnen der Umstehenden zeichnen sich Fragezeichen ab.

„Wir dürfen was?"

Der Schlagzeuger schaut verständnislos drein - die Anderen nicht viel besser.

„Wir dürfen fahren!"

Pause.

„Wohin?"

Seinen Kollegen geht immer noch kein Licht auf.

„Wir dürfen in den Westen! Auf Gastspiel."

Jetzt ist es raus. Langsam, ganz langsam kommt der versammelten Mannschaft zu Bewusstsein, was Bernd gerade ausgesprochen hat.

„Was?"

„Wie?"

„Wie das?"

Ungläubige Gesichter in der Runde. Das ist eine Nachricht, die will erst mal verdaut werden. Da hat sich dieser Staat seit neun Jahren systematisch mit Beton eingemauert und so getan, als könne man damit alle Probleme lösen, und jetzt sollen sie einfach so auf Gastspielreise ins „Nichtsozialistische Wirtschaftsgebiet" gehen, wie es im DDR-Amtsdeutsch heißt?

Einfach so durch die Mauer spazieren oder durch den Todesstreifen? Und wiederkommen dürfen?

„Bist du dir da ganz sicher?"

„Ja!"

„Na, aber Gerd hat doch einen Cousin in Hannover und du selbst einen Großonkel in München! Das ist wirklich so durchgegangen?"

„Ist es. Ich war gestern noch zur Konzert- und Gastspieldirektion bestellt",

sagt Bernd,

„und dort hat man mir eröffnet, dass wir im Rahmen irgend so eines Kultur-Austausch-Programms eine kleine Tournee durch Bayern und Hessen machen werden . . . im nächsten Frühjahr."

Bernd wird jetzt pathetisch. Er zeigt mit weitschweifiger, bedeutungsvoller Geste auf die imaginären Ortsschilder

„Kulmbach, Kronach, Herzberg, Ahlsfeld . . ."

„Und nächstes Jahr Paris, London, Rom!",

feixt Gerd.

Jetzt gibt es kein Halten mehr. Der Kellner, der gerade eine Trommel „Helles" gebracht hat, wird mit einem „Friedrich"* in der Hand sofort wieder zum Tresen geschickt, um allen Sekt heranzuschaffen, dessen er habhaft werden kann. Die Groupies, die an der Garderobentür geklopft haben, um mit ihren Helden auf Silvester anzustoßen, werden hineingezogen, zur Brust genommen und herumgereicht. Gerd tanzt nackt auf dem alten Klavier einen Indianertanz, wobei er leider den einzigen Spiegel der Garderobe zerbricht.

19

Bernd leert eine halbe Flasche „Lunikoff"** in einem Zug, womit sein Magen gar nicht einverstanden ist und heftigst rebelliert. Und Klaus-Peter, mit neunzehn Jahren der Benjamin der Truppe, zeugt hinter dem Paravent sein erstes Kind.

Aber heute ist alles egal. Heute wird gefeiert. Es ist ein zu großes Glück, das an die Tür geklopft hat und um Einlass bittet.

*Fünfzig-Mark-Schein der DDR mit dem Konterfei von Friedrich Engels drauf.
** Lunikoff war eine sehr populäre Wodka-Marke und kostete „Dreizehnfuffzich" im „Konsum"***
***Ein „Konsum" war in jener Zeit meist ein etwas größerer, genossenschaftlicher „Tante-Emma-Laden" - quasi der kleine Bruder der „Kaufhalle", was man wiederum „Kau-Falle" aussprach. Wohl aus gutem Grund

3.
Kronach, Mitte Juli 1990

Der Bus hält quietschend auf dem Parkplatz vor dem Gasthof an. Torsten greift nach seiner Arbeitstasche, einem schicken, weinroten Diplomatenkoffer, den er beim Ausverkauf im Exquisit-Laden auf dem Altmarkt für super-günstige fünfzig DDR-Mark erstanden, und der so hervorragend zu dem schicken, weinroten Jackett passt, das er sich speziell für diesen ersten Job nach der Wende gekauft hat.

Er steigt aber noch nicht aus. Höflich lässt er erst die älteren Damen vor, die schon mit gequälten Gesichtern in Richtung Gasthof drängen. Als Letzter, nach dem Busfahrer, steigt er hinaus auf die Straße. Auf der Treppe gegenüber kommt ihnen gerade der Wirt des Gasthofs gestikulierend und erklärend entgegen. Und obwohl Torsten Müller auf diese Entfernung noch kein Wort versteht, weiß er doch dessen Zeichensprache und die dankbaren Gesichter der älteren Damen zu deuten.

Dann auf einmal erstarrt Torsten. Eine Art Dejavú spielt sich in seinem Kopf ab. Ihm ist, als wäre er schon einmal hier gewesen, vor langer Zeit. Der Marktplatz, die Blumenrabatte, die Burg über dem Ort thronend, der Gasthof . . . dabei war er ganz sicher noch nie in Kronach. Wie auch? Ein kurzes Bild von einem Haus blitzt auf, dazu ein Gesicht, es bleibt aber undeutlich.

Torsten grübelt. Vielleicht hat er zu lange die Reiseprospekte studiert. Das sieht hier tatsächlich fast wie im Katalog aus. Eine richtige kleine Bilderbuch-Stadt: extrem sauber, weiße Häuser, rote Dächer, bunte, mit allerlei Sommerblumen bepflanzte Blumenkästen an den Fenstern, weiße Hauswände, von altem Fachwerk gehalten, überall. Eine nahezu vollkommen erhaltene mittelalterliche Stadt.

Torsten verspürt jetzt ein Prickeln vom Hinterkopf über den Nacken und die Arme bis in die Fingerspitzen. Er bekommt eine Gänsehaut. Dann stutzt er. Dieser Mann da . . . den Wirt . . . den kennt er doch . . . oder nicht? Oder kommt es ihm nur so vor? Im Reise-Katalog war ganz sicher kein Foto von ihm drin gewesen. Oder doch? Oder hat er sich einen Wirt nur immer genauso vorgestellt? Er weiß es nicht. Unsicher geht Torsten auf ihn zu.

Jener, Bernd Iskariót, erschrickt jetzt seinerseits. Er hält in seiner Bewegung inne und erstarrt in dieser Geste. Irgendwie wirkt er nun sehr grotesk, wie die Vogelscheuche aus dem Zauberer von Oz. Bernd Iskariót ist aber ganz und gar nicht zum Lachen zumute. Erinnerungen steigen aus der Tiefe seiner Eingeweide auf, suchen sich ihren Weg in Richtung Magen und verursachen ein drückendes Gefühl. Das gibt es doch nicht, diese Ähnlichkeit!

„Ich bin Torsten Müller, der neue Reisebegleiter von Schubert und Schubert Weltreisen",

fasst sich Torsten und streckt die Hand aus.

Bernd Iskaríots Starre löst sich, er ergreift die Hand und bemerkt peinlich berührt, dass seine eigenen Handflächen schweißnass sind.

„Ich hab . . . grad Gläser gspült. Tut mir leid",

sagt Bernd Iskariót entschuldigend und versucht ein verlegenes Lächeln, die Hände an der Schürze abtrocknend.

„Gehen Sie doch schon immer mit hinein, es wird Ihnen bestimmt bei uns gefallen. Ich muss erst mal schnell an die Hausapotheke - mein Magen, wissen Sie?"

Ja, Bernd hat es schon lange gewusst, tief innen drin: Irgendwann würde ihn das einholen. Er ahnte es, seit ihm der neue Reisebegleiter telefonisch angekündigt wurde. Schubert-Senior selbst hat angerufen und von dem jungen Mann, den er da neu eingestellt hat, erzählt.

Zum ersten Mal seit sehr langer Zeit ist Bernd Iskariót wieder unsicher. Die Knie sind butterweich und er muss sich setzen. Ein Gefühl, dass er lange nicht mehr hatte. Es ist ein Schuldgefühl, welches er jahrelang erfolgreich verdrängt hat und das sich jetzt festsetzt.

Der knapp sechzig-prozentige Selbstgebrannte, den er in seiner Hausapotheke stets vorrätig hält, bahnt sich seinen Weg die Speiseröhre hinab und betäubt auf angenehme Weise das bohrende Gefühl unterhalb seines Brustbeins. Dann nimmt er sich zusammen und sagt zu sich selbst:

„So! Jetzt muss ich aber zu den Gästen, Dinge verkaufen."

Denn das kann er gut. Sehr gut sogar. Er ist überzeugend in allem, was er anpackt. Am Ende ist es aber auch das Einzige, was ihm noch bleibt: eine Flucht nach vorn. Einfach weitermachen! So tun, als ob nichts wäre: verkaufen, schwatzen, überzeugen. Die Show muss weitergehen!

Und die Hoffnung stirbt zuletzt.

„Torsten?"

Der Angesprochene dreht sich verdutzt um.

S... schießt ihm durch den Kopf. *S..., S...,* verflixt, was ist das, was da in seinem Kopf gerade vorgeht? Ein kurzes Bild blitzt auf. Ein Gesicht, ein Haus. Er kann es nicht genau erkennen, zu schnell ist es wieder weg. Er sieht einen Namen vor seinem inneren Auge und kann ihn doch nicht zu fassen kriegen, verflixt nochmal. Dabei liegt es ihm quasi auf der Zunge: *S... Sss...*

„Sascha Iskariót, Juniorchef",

stellt sich der andere, etwa gleichaltrige junge Mann vor. Verdammt, diesen Namen hatte Torsten erahnt. Aber woher nur?

„Torsten Müller, ich bin der..."

„Ich weiß... also, ich hätte grad' schwören können, dass du... dass Sie... dass wir uns schon mal begegnet sind... Aber... Müller?"

Torsten nickt.

„*Aber das kann ja doch gar nicht sein, oder?*"

Sascha schaut jetzt unsicher und fragend zu Torsten.

„*Nein, das kann nicht sein*",

sagt dieser kopfschüttelnd, aber bestimmt.

„*Ich bin ja aus der DDR, aus Dresden, und durfte bisher nur bis zum Zaun . . . noch nicht mal das, eigentlich.*"

Jetzt lachen beide ein wenig verlegen.

„*Lass uns beim **Du** bleiben – wir werden es ja noch öfter miteinander zu tun haben*",

sagt Sascha.

„*Jetzt müssen wir aber 'rein, damit wir noch vor dem Mittagessen was verkaufen!*"

4.
Hirschberg-Lobenstein, April 1970

Der Band-Wolga rollt unaufhaltsam auf die Sperranlagen an der innerdeutschen Grenze, der Grenze zwischen DDR und BRD, zwischen „real-existierendem Sozialismus" und „devot-adsectarierendem Kapitalismus" zu. Hinten dran am Wolga der einachsige Kastenanhänger mit der selbstgemalten Werbung für die „Iskarióť-Formation". Im Wagen selbst die vier Musiker, die im Moment gerade nicht so recht wissen, wie ihnen ist. Alles kommt ihnen so unwirklich vor.

Es ist das erste Mal, dass sie auf der Transit-Strecke vom Hermsdorfer Kreuz in Richtung Süden so weit gefahren sind. Und jetzt sollen sie auch noch da vorn durch die „GÜSt", die Grenz-Übergangs-Stelle Hirschberg-Lobenstein, hindurchfahren. Ganz legal! Und in zehn Tagen, wenn ihre Tournee beendet ist, sollen sie auch wieder zurückkommen dürfen. Ein komisches Gefühl, äußerst bizarr. Gerds Hände sind vor Aufregung ganz feucht. Sein funkelnagelneuer Pass, den er die ganze Zeit schon fest in der Hand hält, mittlerweile auch. Verstohlen wischt er ihn an seinem Rollkragenpullover ab.

Der 10. April 1970 ist ein scheußlich kalter Tag. Es will nicht so recht Frühling werden. Dabei war Ostern schon vor fast zwei Wochen - weiße Ostern 1970.

Gerds Frau hat seltsamerweise darauf bestanden, Abschiedsfotos zu machen. Man wisse ja nie, was auf so einer weiten Reise passiert. Gerd versuchte ihr zu erklären, dass sie näher blieben, als wenn sie an die Ostsee fahren würden. Trotzdem! So haben sie dann zu Ostern vor dem Schneemann posiert, den Gerds Sprössling gebaut hat und den die Spaßvögel Klaus-Peter und Frieder – nicht ganz jugendfrei auf der untersten Schneekugel - mit Ostereiern und einer Möhre dekoriert haben.

Und dann geht doch alles recht schnell. Sie rollen an den Panzersperren vorbei, heran an den Schalter mit den steingesichtigen Beamten. Die Anweisungen könnten knapper nicht ausfallen und sind doch präzise. Die Grenzkontrolle geht zügig und mit preußischer Akkuratesse voran. Das hätten die Vier sich nicht träumen lassen, aber wer weiß? Ein Beamter wirft immer vielsagende Blicke auf die Dokumente und seine eigene Liste. *Der ist bestimmt von der Stasi*, denkt Bernd irritiert. Er verdrängt den Gedanken aber schnell und ist genauso froh wie die anderen, dass sie so problemlos durch die Grenzabfertigung gekommen sind.

Jetzt ist die Straße frei, breit und ohne Schlaglöcher. Auf geht es nach Kronach.

Am Gasthof „Alte Eiche" angekommen, stellt sich schnell heraus, dass sie doch nur als Vorband einer experimentellen Krautrock-Band aus München spielen sollen - kein Solokonzert! Aber was soll's – sie sind im

Westen und alles andere ergibt sich. Jetzt wird erst mal gerockt. Sie zwängen ihre Instrumente und Verstärker noch mit auf die kleine Gasthausbühne, die ursprünglich nur dafür konzipiert war, die örtliche Blaskapelle aufzunehmen. Sehr eng geht es auch im Bühnenraum zu, deshalb wird im Saal in einer Ecke ein kleiner Tisch requiriert, an den sie sich setzen und die erste Runde Bier bestellen. Dann kommt der Kulturschock: Der alte Gastwirt eröffnet ihnen, dass es pro Person nur zwei Freibier gibt, den Rest müssten sie bezahlen.

Ja, der Witz war gut! Wovon denn? Die paar Westmark, die sie hatten tauschen dürfen, brauchen sie auf jeden Fall für's Benzin. Zwei Freibier und dann den Rest des Abends dursten – das ist zu viel verlangt. Und mit Rock'n'Roll hat das auch nichts zu tun!

Zwei Zigarettenlängen und einen halben Liter „Kulmbacher" später steigen sie auf die Bühne und beginnen mit ihrem Konzert, einer Mixtur aus Literatur-Zitaten, Adaptionen bekannter Klassik-Stücke und bodenständiger Rockmusik. Das Publikum lauscht erst skeptisch, klatscht dann aber doch frenetisch jubelnd Beifall und die Vier von der Iskariót-Formation durchflutet eine warme Welle von Bestätigung und Zufriedenheit. Aber sie haben auch ihre erste Lektion im goldenen Westen gelernt: jede Freiheit hat ihren Preis – Durstfreiheit: einsfuffzich West.

5.

Kronach, selber Abend, im Saal

Die drei Mädchen, die aus München ihrer Lieblingsband nachgereist sind, haben sich ganz nach hinten in eine der Ecken des Gasthofsaales zurückgezogen. Sie ziehen es vor, nicht selber im Mittelpunkt zu stehen, sondern zu beobachten, die Jungs abzuschätzen und kichernd jeden Einzelnen zu kommentieren. Gesine Beyer ist eine von ihnen. Sie, gerade achtzehn Jahre alt, ist vor einer Woche zuhause ausgezogen und sie weiß genau, warum sie heute hier ist. Sie will frei sein und Spaß haben – so viel Spaß wie möglich. Endlich ist es so weit: ihre spießigen Eltern, besonders ihr Herr Vater, können ihr nicht mehr in ihr Leben hineinreden. Bis letzte Woche noch hat sie sich für jeden Schritt, den sie getan hat, peinlichst rechtfertigen müssen. Jetzt kann Sie selbst entscheiden. Und sie will heute genießen: das Leben, und – wenn es denn so sein soll – auch die Liebe. Aber dazu braucht es einen feschen Burschen. Der muss gefunden, begutachtet und erst von der dreiköpfigen Freundinnen-Jury abgesegnet werden. Nur, deren Urteil ist hart – bisher sind noch alle durchgefallen. Also haben sie sich in die Saalecke zurückgezogen, um ungestört jeden in dem sich langsam füllenden Raum abzuschätzen, zu benoten und gegebenenfalls zur „Jagd" freizugeben.

Dann betritt die Iskariót-Formation die Bühne. Gesine kann von ihrem Platz aus nicht so gut sehen, zu viele Leute drängen sich jetzt neugierig, um die Ossis zu begaffen. Wahrscheinlich erwarten sie, dass russische Volkslieder zu Gehör gebracht würden. Stattdessen beginnt Bernd Iskariót mit dem Orgel-Intro zu „Hush" und seine Mannen lassen es zu diesem Deep-Purple-Hit krachen. Die heruntergeklappten Kinnladen in der ersten Reihe beginnen mit dem linken Fuß zu wippen. Dann mit dem Rechten. Dann mit beiden. Spätestens nach dem ersten Refrain zuckt der halbe Saal ekstatisch mit Schultern und Hüften. Geradezu frenetisch ist der Jubel schon nach dem ersten Song. Das hätte keiner erwartet: Ossis, die Deep Purple kennen. Und spielen können! Bernd bedankt sich mit einem kurzen Textauszug von „Peer Gynt", dem Drama von Henrik Ibsen, wonach die Band eine eigene Adaption von Griegs „In der Halle des Bergkönigs" zu spielen beginnt.

Gesine hat sich jetzt ganz nach vorne gedrängelt. Das hat sie doch magisch angezogen: ein Mann, der so gefühlvoll Gedichte rezitieren kann, ein Künstler – Wahnsinn! Gesine ist ganz hin und weg. Ihre Freundinnen sind ihr gerade ziemlich egal. Sie will wissen, wer das da ist, der diese unglaublich sanfte Stimme hat. Der mit großen Worten um sich wirft wie weiland Cäsar mit Legionen - dessen Orgelspiel so unglaublich filigran ist, dass man meint, die Tasten müssten sich von selbst unter den richtigen Finger biegen, anders könne man diese Präzision wohl nicht erklären.

Es folgen selbstgeschriebene Lieder und eine Adaption von Ravels „Bolero", die in einem furiosen

Duell von Orgel und Gitarre endet – ganz wie beim großen Vorbild von John Lord und Ritchie Blackmore, nur das Klaus-Peter auf der Bühne nicht handgreiflich wird. Dann kommen die Balladen. Eine hat ein Dresdner Kollege geschrieben und heißt „Am Abend mancher Tage". Gesine ist gefangen. Atemlos hängt sie an Bernds Lippen und vergisst alles um sich herum. Dass das Konzert beendet ist, bemerkt sie erst, als sie nur noch ganz allein und mit verklärtem Blick auf der Tanzfläche steht, die Hände wie zum Gebet mit den Handflächen zueinander – wohl aber eher mitten im Beifallklatschen erstarrt. Sie dreht sich um und geht mit verklärtem Blick zum Tresen, als ihr der Schreck in die Magengrube fährt.

Da steht ER also: ungefähr einsfünfundachtzig groß, ein Kreuz wie ein Rummelboxer, mit feingliedrigen Fingern und sanfter Stimme. Das muss der ihr Verheißene sein, der Gentle Giant, der sanfte Riese. Ein junger Gott und auch noch aus der DDR. ER, der Künstler, steht da am Tresen und bestellt sich ein Bier. Wahnsinn! Bestellt sich einfach so ein Bier! Gesines Hände zittern nicht, sie flattern regelrecht. Ihr Herz schlägt ihr in atemberaubendem Tempo bis zum Hals, als sie sich IHM nähert.

„Na Mädelchen, schon was vor heute Abend?"

Viel plumper geht es ja nicht mehr. Aber Gesine fällt das gar nicht auf. Bernd hätte sie genauso gut fragen können, ob sie mitkommt, den Stall ausmisten oder Brennnesseln pflücken - bei IHM hätte sie zu allem Ja gesagt! Dieser sanften Stimme kann man ja nicht widerstehen!

Der Mond scheint hell. Er lugt zum Fenster herein und macht die Bodenkammer des Gasthofs etwas wohnlicher. Noch nicht ganz voll, überstrahlt er doch schon die meisten Gestirne in seiner Umgebung und hängt da, gekrönt von einer kleinen Aura, in der kaltfeuchten Frühjahresluft als ewige romantische Laterne. Und, obwohl er eine eher kühle Atmosphäre verströmt, ist es doch der Mond, der mit seinem fahlen Licht Wärme in die Herzen der Liebenden zaubert.

Für Bernd, den Pragmatiker, ist es nicht viel mehr als eine schwache Beleuchtung. Zu schwach, um sich zwischen den vielen Kissen und Decken, welche die alte Wirtin ihm mit hinauf gegeben hat, zurechtzufinden. Schon fast verzweifelt schichtet er eins übers andere, bis er endlich findet, wonach er sucht: das Mädchenbein. Bleich und bloß liegt es im fahlen Mondlicht vor ihm, zitternd noch - wohl eher aber vor Aufregung als vor Kälte. Eine zarte Mädchenhand streckt sich ihm aus dem Kissenhaufen entgegen, Finger streicheln über seine Lippen, die Nase, das linke Ohr, suchen sich ihren Weg zum Nacken und ziehen ihn sanft, aber bestimmt, in den Berg aus Gänsefedergestopften Inlets hinein. Eine dicke Daunendecke senkt sich über das Durcheinander von Armen, Beinen, Kissen und Decken und es wird dunkel und still darunter.

„Hab ich dich!",

flüstert Gesine bebend.

„Hast du mich?",
Bernd runzelt die Stirn.
„Hab ich dich?",
fragt Gesine verunsichert.
„Mhmm, sieht wohl so aus."
Bernd versucht die Doppeldeutigkeit aus dem Dialog zu nehmen. So kurz vor der Ziellinie darf man keine Fehler machen, weiß er.
„Du bist so ... weich ... und schön",
beeilt er sich, zu versichern.
„Seid ihr hier im Westen alle so ... so offen?"
„Was denkst du eigentlich von mir?!"
Autsch! Schwerer Fehler!
„Ich meine ... ich meine, im Geiste offen ... für Neues ... frei von überholten bürgerlichen Moralvorstellungen und so ..."
Gesine kichert. Bernd redet jetzt schon so wie die Jungs in der hippen Kommune, in welche sie sich letztes Jahr immer klammheimlich geschlichen hat. Sollte er als Ossi ihr jetzt nicht eigentlich was vom Kommunismus vorflöten? Aber vielleicht sind die Ossis ja gar nicht so ... so überzeugt, wie ihre Führer es der Welt glauben machen wollen? Vielleicht sind sie ja sogar Menschen wie du und ich? In Wahrheit gar nicht die armen Brüder und Schwestern aus dem Osten?

Aber was denkt sie da? Sie liegt mit dem Mann ihrer Träume im Bett und denkt über so was nach! Schäme dich, Gesine!

Sie schlingt ihre Arme um ihn und zieht ihn fest an sich heran. Heute ist es so weit - heute wird das Leben genossen. Und die Liebe, denn es scheint, als solle es heute so sein.

6.
Kronach Juli 1990

Torsten Müller hat Pause. Die Reisegesellschaft sitzt im Saal und folgt, mehr oder weniger gespannt, der Verkaufs-veranstaltung. Er hat sich zwar gewundert, dass der Wirt vor ihm die Tür abschloss, aber Bernd Iskariót versicherte ihm, dass man nur ungestört sein wolle. So hat Torsten nun also drei Stunden Zeit bis zur Kaffeepause und beschließt, ein wenig die Stadt zu erkunden.

Er geht über den Vorplatz des Gasthofs, vorbei an den Blumenrabatten, die vorhin dieses unwirkliche Bild in seinem Kopf erzeugt haben, in Richtung Burg.

Seltsam, denkt er, als ob er schon tausendmal hier lang gegangen wäre. Dabei ist das völlig unmöglich, schließlich war er ja, so lange er sich erinnern kann, nicht nur in einem anderen Land eingesperrt, sondern bis vor einem dreiviertel Jahr auch noch in der Kaserne als NVA-Soldat. Er hat ja erst ein paar Tage nach dem Mauerfall seinen Dienst beendet. Oder besser: er ist einfach gegangen. Die meisten waren da schon weg.

Vorher, im Kinderheim, ging es ihm auch nicht anders. Ausgang hatte er da meist nur in Begleitung von Erziehern. Und die haben ihn noch nicht mal aus der Stadt gelassen. Wie also sollte er jemals hierher gekommen sein?

Trotzdem hatte er eine Ahnung, dass dort gleich hinter der Straßenecke eine Bäckerei ist. Und als er um diese Straßenecke biegt, ist sie tatsächlich da! Seltsam, ging hier wohl etwas Übernatürliches vor? Torsten war fast versucht daran zu glauben. Reinkarnation oder so was vielleicht? Oder hatte er nur den Duft der frischen Brötchen gerochen?

Zuhause in Dresden, in der Nähe des Blauen Wunders hat eine esoterische Buchhandlung gleich nach der Wende aufgemacht, und während des letzten halben Jahres war sie zu Torstens zweitem Zuhause geworden. Die Buchhändlerin zeigte Verständnis für seinen Wissensdurst und ließ ihn gewähren. „Wer liest, raubt keine alten Leute aus", sagte sie immer und insgeheim freute sie sich natürlich über sein reges Interesse. Ab und an hat er sich dann auch mal ein Heftchen oder Taschenbuch gekauft, aber für die großen Schinken von Helena Blavatski, Wilhelm Reich oder Rudolf Steiner, die im Regal ganz oben standen, hat sein schmales Salär natürlich nie ausgereicht. Auch im Osten war Wissen ja nicht kostenlos, schon gar nicht nach der Wende. Aber es ärgerte ihn jetzt ein wenig, dass er nicht mehr darüber wusste, was hier geschieht. Wo er sich doch gerade so hilflos vorkommt. Vielleicht war ja aber doch alles ganz anders, und die ollen Schinken in der Buchhandlung konnten ihm das hier gar nicht erklären, was ihn gerade so verwirrte. Weil es eben ein neues, ein modernes Phänomen war, oder so ...

Torsten weiß nicht mehr, was er denken soll. Er schlendert durch die obere Stadt und hin und wieder blitzt eine vermeintliche Erinnerung auf. Er geht die Lucas-Cranach-Straße entlang zum Marktplatz mit dem Rathaus. Da steht das Denkmal für den großen Sohn des Ortes: Lucas Cranach den Älteren, geboren 1472 als Lucas Maler, der als eines von neun Geschwistern in die Welt zog. Zuerst nach Wien, um sich als Maler zu verdingen, sich wie viele seiner berühmten Kollegen nach seiner Heimatstadt zu nennen, sich seinen Namen zu machen und um letztendlich im Wittenberg der Reformation Apotheker, Buchhändler, Verleger und schließlich Bürgermeister zu werden. Neben seiner Malerei und der Malschule natürlich, die ihn weltberühmt machte. Und Lucas Cranach wurde Trauzeuge Martin Luthers. Außerdem machte ihn seine Tochter Barbara durch die Heirat mit Christian Bück zum Urgroßvater siebten Grades von Johann Wolfgang von Goethe – was er aber nicht wissen konnte, als er 1553 in Weimar starb. Was für eine Karriere!

Ein Schauer läuft Torsten über den Rücken. Er ist sich aber nicht sicher, ob aus Ehrfurcht vor der Geschichte oder weil er sich schon wieder erinnert fühlt. Woran eigentlich?

Seine Füße lenken ihn eine schmale Gasse hinab, jeder Quader in den alten Gemäuern, jeder Pflasterstein der Gasse scheint ihn nach all den Jahren begrüßen zu wollen. Welchen Jahren? Torsten wird schwindlig. Er bleibt stehen und lehnt sich gegen eine alte Mauer, um auszuruhen. Nicht dass der Weg beschwerlich gewesen wäre – nein! Es ist die Informationsflut in seinem Kopf. Irgendetwas in ihm scheint zu kämpfen, sich seinen Weg zum Bewusstsein erstreiten zu wollen. Aber es kommt nicht durch.

Torsten schließt die Augen und versucht, sich ganz auf sich selbst zu konzentrieren. Das hier kann nicht sein. Er ist Ossi, DDR-Bürger, vielleicht bald Ex-DDR-Bürger. Aber er war definitiv noch nie vorher im Westen, noch nie in Kronach gewesen! Was versuchen die . . . die Geister . . . die Dämonen . . . die . . . was auch immer mit ihm anzustellen? Verdammte Axt!

Nachdem er sich etwas beruhigt hat, beschließt er, weiter zu gehen. Etwas unsicher läuft er in Richtung einer Siedlung von Einfamilienhäusern der 5oer und 6oer Jahre, einer Zeit, in der die Zonenrandförderung Eigenheime entstehen ließ. Ein etwas heruntergekommenes Haus weckt seine Aufmerksamkeit. Und da ist es wieder: dieses Déjà vù! Dieses Haus! Es kommt ihm so merkwürdig bekannt vor!

Dann steht er vor dem Gartentor dieses Hauses, dass ihn magisch angezogen hat, ja geradezu zu rufen scheint „Tritt ein, bring Glück herein". In Wirklichkeit steht dieser Spruch, etwas verwittert, über der Hauseingangstür, aber Torsten hat das gar nicht bewusst registriert. Dafür sieht er ein anderes Schild mit der Aufschrift:

Städtische Immobilien GmbH
Zwangsversteigerung am 3. August 1990 – 9.00 Uhr.

Dieses Haus ist offensichtlich lange nicht bewohnt gewesen. Der Putz bröckelt vom Mauerwerk, die weiße Farbe der Fensterläden ist kaum mehr zu erkennen, die Scheibe des Giebelfensters zerbrochen. Der wilde Wein hat fast das gesamte Haus zugewuchert, nur ein Stück vom Dach und der Schornstein lugen noch heraus. Gras und Unkraut stehen hüfthoch auf der Streuobstwiese hinterm Haus. Dort der alte, ausladende Apfelbaum mit der alten Schaukel, auf der Torsten immer . . . Was?! Was ist das schon wieder für ein Film in seinem Kopf?!

„Hört das nie auf? Begreife es endlich, du warst noch nie hier!",

versucht Torsten sich selbst zurechtzuweisen. Unmöglich! Und doch sieht er sich selbst da auf der Schaukel sitzen. Ein Trugbild, sein Gehirn hält ihn zum Narren. Kann es sein, dass sein Wunsch nach einer Kindheit, die er nie hatte, oder an die er sich zumindest nicht erinnern kann, ihm solche Visionen vorgaukelt? Aber halt! Da ist noch Jemand . . . er kann es nicht genau sehen . . . ein anderer kleiner Junge vielleicht? Zu dumm, er kann es einfach nicht erkennen . . . und dann ist alles wieder weg.

Er findet sich, immer noch vor dem Gartentor stehend, wieder, den Mund leicht geöffnet und schwer atmend vor Aufregung. Sein Blick gleitet über die Ligusterhecke, die an der Straßenseite das Grundstück abgrenzt und nun mittlerweile ihrerseits den wacklig gewordenen Zaun stützt, welcher ohne sie wahrscheinlich schon umgefallen wäre. Die Hecke allerdings scheint frisch verschnitten, nicht gepflegt, aber gestutzt. Bis auf dieses kleine Stück dahinten, wo immer wieder etwas hinter ihr auftaucht. Jetzt hört er auch das Klappern der Heckenschere. Jemand versucht hier wieder etwas Ordnung in den Garten bringen zu wollen, wie es aussieht.

„*Hallo?... Hallo!... ist da jemand?...*"

Bauer Moser tritt hinter dem noch unverschnittenen Stück Hecke hervor und runzelt die Stirn. Wer ist denn das schon wieder? Da hat ihm nun dieser vom Rathaus geschickte Immobilienbazi die Pflege dieses verwilderten Grundstücks übergeholfen... nun ja, so richtig wehren konnte und mochte er sich ja nicht. Immerhin: das Gras gibt gutes Heu für seine Schafe im Winter, der Heckenschnitt wird geschreddert, wandert in den Kompost und gibt irgendwann guten Mutterboden ab... Aber die jungen Leut' von heut' verstehen ja nicht mehr viel davon... Und jetzt kommt da auch noch einer daher und will irgendwas. Sakra!

„*Entschuldigen Sie... äh... können Sie mir etwas über dieses Grundstück erzählen?*"

„*Ja, wer sind Sie denn?*"

„*Ach, Entschuldigung!... Ich bin hier eigentlich nur Tourist... genauer gesagt Touristenführer. Ich bin der Betreuer der Reisegruppe, die grade in der „Alten Eiche" abgestiegen ist... aus Dresden, wissen Sie?*"

„*Ach... ein Sachse!*"

Ja, das auch noch! Aber das denkt Bauer Moser nur bei sich.

„Ja, was wollen's denn?"

„Können Sie mir etwas über das Grundstück erzählen? Das Haus ... und was damit ist?"

„Ja, des wird zwangsversteigert im August, bis dahin muss ich den Garten respektabel hergerichtet haben! ... Sind sie ein Kaufinteressent?"

Torsten denkt kurz nach. Seine Mutter hat ihm zwar eine kleine Summe hinterlassen, die er bis heute nicht angerührt hat, aber für einen Hauskauf würde die bei weitem nicht reichen.

„Vielleicht ...",

sagt er und fühlt sich etwas unwohl. Aber er muss jetzt mehr erfahren!

„Na, dann kommen sie mal herein!"

Bauer Moser öffnet das quietschende Gartentor und Torsten tritt in den verwilderten Garten ein.

7.
Dresden, Januar 1971

Bernd ist nervös. Da war dieser Brief von der KGD, der Konzert- und Gastspieldirektion. Normalerweise ist das kein Grund zur Beunruhigung, meist geht es um banale Dinge, die mit seiner Arbeit als Musiker in engem Zusammenhang stehen: Einstufungstermine, Gastspielangebote oder häufig eben auch kulturpolitische Schulungen - hinter vorgehaltener Hand „Rotlichtbestrahlung" genannt - und so etwas. Meist lautet der schreibmaschinengeschriebene Text: „Sehr geehrter Herr/Genosse Sowieso ... möchten wir Sie einladen, teilzunehmen ... Erfüllung der Hauptaufgabe und der Direktive ... Parteitages der SED ... Rolle der Bedeutung ... Mit sozialistischem Gruß".

Aber diesmal ist der Tonfall anders. Und Bernd kennt die alte Weisheit „Geh nie zu deinem Fürst, wenn du nicht gerufen wirst" sehr gut. Aber jetzt wird er gerufen. Besser gesagt geladen oder doch eigentlich vorgeladen. Das riecht nach Ärger. Was können die bloß wollen? Hat wieder einer seiner Kollegen eine Zote auf der Bühne erzählt? Bernd geht in Gedanken die letzten Konzerte durch. Nein, nicht dass er wüsste. Oder hat sich irgendeine spitzfindige Bonze wieder an einem seiner Texte gestoßen? Aber da ist er ja abgesichert. Alle Texte sind der Kommission vorgelegt und für akzeptabel befunden worden. Das hat er sogar schriftlich. Was können die bloß wollen?

Oder ist am Ende sein kleines Geschäft mit den Schallplatten, die er von seiner Tour im Westen mitgebracht hat, aufgeflogen? Bernd steigt leichter Schweiß auf die Stirn. Das könnte es vielleicht sein. Obwohl . . . der, dem er die Schallplatten verkauft hat, war ein empfohlener Bekannter eines Bekannten eines Bekannten. Niemand, den er kannte, der aber auch ihn nicht kannte. Und Bernd hat es strikt vermieden, sich ihm etwa vorzustellen. Das Geschäft haben zwei völlig Fremde miteinander abgewickelt. Aber vielleicht sind sie beobachtet worden? Möglich wär's . . . Aber, ach was, mit solcherlei Pipifax beschäftigen die sich doch gar nicht! . . . Und wenn doch? Immerhin ein kleines Devisenvergehen, wie so etwas genannt wird. Er hat der DDR-Volkswirtschaft 100 Deutsche Mark – Westgeld, wertvolle Valuta – vorenthalten, indem er sie für privaten Konsum ausgegeben hat, und - was noch schwerer wiegt - er hat damit westlich-dekadentes Gedankengut in die DDR eingeschleust! Also Devisenvergehen, Schmuggel und am Ende gar noch imperialistische Propaganda! Jetzt wird Bernd doch leicht übel. Quälend verstreichen die Minuten während er im Vorzimmer sitzt und darauf wartet, hereingerufen zu werden. Die Sekretärin, die ihn sonst immer freudestrahlend begrüßte, ist heute auffallend ernst und wortkarg, und wenn Bernd so darüber nachdenkt, sieht sie auch ein wenig besorgt aus. Was ist es also bloß, das hier vorgeht? Welchen Fallstrick haben sie ihm gelegt? Der Sekundenzeiger der Ruhla-Uhr an der Wand tickt unaufhaltsam vorwärts und Bernd hat feuchte Hände.

Mit einem Ruck fliegt die Tür auf. Ein mittelgroßer Herr in seinen vermutlich späten Vierzigern mit streng zurückgekämmtem, graumelierten Haar, braunem Anzug mit Parteiabzeichen und einer Hornbrille auf der Nase betritt betont dynamisch den Flur und schaut zu Bernd.

„Genosse Iskariót?"

„Herr Iskariót, ich bin nicht in der Partei. Nur in der Deutsch-Sowjetischen-Freundschaft."

„Gut, dann eben Herr Iskariót, jetzt zu Ihnen. Kommen Sie!"

Bernd sitzt eine Weile auf einem unbequemen Holzstuhl und versucht immer wieder das Gewicht von einer Gesäßhälfte auf die andere zu verlagern. Vor ihm ein spartanischer Schreibtisch mit einem Telefon und einer altertümlichen Schreibtischleuchte. Dahinter der ihm unbekannte Herr im braunen Anzug und der Hornbrille. An der Wand das unvermeidliche Bild des Staatsratsvorsitzenden Walter Ulbricht.

Die Wanduhr tickt die quälenden Minuten sekundenweise herunter. Es ist, neben dem gelegentlichen Blättern des Genossen in einer Akte, das einzige Geräusch, welches Bernd wahrnimmt. Irgendwie nervtötend. Minute um Minute verstreicht, die Augen des Endvierzigers scheinen hinter der Brille eher ziellos oder zumindest sehr oberflächlich über den Inhalt der Akte zu wandern. *Alles Mache*, versucht sich Bernd zu beruhigen. Und noch eine Seite ... und noch eine ... dann nochmal von vorn ...

„Was haben Sie uns denn da zu beichten, Herr Iskarióti?"

Der unbekannte Herr schaut Bernd jetzt genau in die Augen. Der bohrende Blick fährt ihm in die Magengrube und verursacht einen Krampf in seinen Eingeweiden. Blitzschnell geht Bernd in seinen Gedanken nochmal alle schon ausgemalten Szenarien durch und versucht abzuschätzen, was dieser Herr, wer auch immer er sei, wissen könnte. Es will ihm nicht gelingen, und das ist schlecht, sehr schlecht. Die Lage scheint noch ernster zu sein, als er zunächst dachte.

„Sie wissen doch, wem Sie hier gegenüber sitzen, oder?"

Bernd versucht vorsichtig einen fragenden Blick.

„Ich bin Hauptmann Volkers vom Ministerium für Staatssicherheit der DDR. Hat man Ihnen das nicht gesagt?"

Natürlich hat man das nicht. Und wie der dieses DDR betont! So ein Quatsch, von welchem Staat soll er denn sonst sein? Timbuktu? Bernd versucht mit seinem Ärger über diesen rhetorischen Nonsens seine aufkeimende Angst zu verdrängen. Es hilft nichts. Er fühlt sich wie ein Gartenzwerg auf einer Weide, über dem die vor ihm stehende Kuh ihre rektale Öffnung geweitet und ihn mit einem großen, sehr flüssigen Fladen überschüttet hat. Er senkt den Blick und stammelt ein

„Ich weiß nicht recht, was Sie meinen ..."

„Oh, das sollten Sie recht gut wissen. Es geht um Ihre Reise ins nichtsozialistische Ausland, namentlich der BRD, im April letzten Jahres mit Ihrer . . . äh . . . Iskariót-Formation. Nun, Herr Iskariót? Ich höre!"

Oh Gott! Also doch das Geschäft mit den Schallplatten? Du meine Güte, das waren ein paar „Stones"- und zwei „Deep-Purple"-Alben. Gefragte und daher hochbezahlte Sammlerstücke in der DDR. Ja, aber deswegen gleich Stasi? Oder war da noch was anderes? Nicht, dass er wüsste. Er hat auch brav, wie vor der Tournee instruiert, das Interview mit jener fränkischen Lokalzeitung dankend abgelehnt und sich nicht über politische Dinge geäußert. Obwohl . . . in der DDR kann ja alles politisch ausgelegt werden. Selbst wenn man in einem Nebensatz erwähnt, dass man in der letzten Woche nach Kaffee angestanden hat und nur Kaffee-Ersatz bekam. Aber nein, sie hatten doch keinen Aufpasser mitgehabt . . . außer diesem Kultur-Fuzzi, der plötzlich auftauchte und sich als Tournee-Leiter ausgab. Bernd hatte davon nichts gewusst und war darüber auch etwas verstört, hat es aber achselzuckend hingenommen. Der hat sich ja ausgewiesen. War der vielleicht . . . ? Aber was konnte der denn wissen? Der bohrende Blick des Stasi-Hauptmanns erinnert Bernd daran, dass er sich jetzt dringend um eine Antwort bemühen muss, damit er nicht etwa noch seine Glaubwürdigkeit verliert. Am besten irgendetwas zugeben. Aber was? Das mit den Schallplatten wäre das Einzige . . .

„*Nun ja, ich hab da drei oder vier Schallplatten aus dem Westen mitgebracht. Ich wusste nicht, dass das verboten ist – hat mir keiner gesagt.*"

Bernd versucht ein etwas trotziges Gesicht zu machen, zieht eine Augenbraue hoch und versucht aus dem Minenspiel seines Gegenüber abzulesen, wie dieses Geständnis aufgenommen wird.

„*Es waren Sieben, Herr Iskariót, wir wissen das. Und Sie haben sie schon wieder in Umlauf gebracht . . . aber . . . gut . . . über die Inverkehrbringung westlich-dekadenter Propaganda wird an anderer Stelle entschieden . . . Nein, Herr Iskariót, uns geht es um etwas anderes. Nun?*"

Jetzt ist Bernd verblüfft. Das ist es nicht? Obwohl der sogar die exakte Anzahl der Schallplatten kennt? Woher weiß er das eigentlich? Steht Bernd unter Beobachtung? Möglicherweise. Hat wer geplaudert? Er hofft: niemand, aber man kann nie wissen . . . War der Bekannte eines Bekannten eines Bekannten vielleicht doch ein Stasi-Zuträger? Und überhaupt: was meint er dann, dieser Hauptmann?

Bernds Gesicht verrät jetzt eine ehrliche Ratlosigkeit. Allerdings führt das nicht, wie erwartet, dazu, den Hauptmann etwas milder zu stimmen. Im Gegenteil: dessen Gesichtszüge verfinstern sich, das streng nach hinten gekämmte Haar scheint sich aufstellen zu wollen und Hauptmann Volkers haut mit der Faust auf den Tisch, welcher ein ächzendes Geräusch von sich gibt.

„*Sie haben mit dem Klassenfeind geschlafen!*"

Dieser gebrüllte Satz hallt in dem ansonsten recht leeren Zimmer noch etwas nach. Bernd fühlt sich, als hätte er ein kräftiges Brett vor die Stirn bekommen. Ja, schon klar. Aber woher weiß der das? Und was geht den das überhaupt an?

„Und damit nicht genug: Sie haben dem Klassenfeind auch noch ein Kind gemacht! Wissen Sie, was das bedeutet?! Sie riskieren internationale diplomatische Verwicklungen, nur weil Sie Ihre Hormone nicht unter Kontrolle halten können! Wir hätten erwartet, dass Sie sehr viel verantwortungsvoller mit ihrer Rolle als Kulturbotschafter umgehen!"

Nach einer kurzen Kunstpause fährt der Hauptmann eindringlich fort:

„Sie werden jetzt nicht erwarten, dass ich Ihnen zu diesem imperialistischen Bastard auch noch gratuliere, aber Sie sind letzte Woche Vater geworden!"

Das zieht Bernd buchstäblich die Beine weg. Seine Gedanken fahren wilde Achterbahn und er sitzt wie benommen vor dem Hauptmann und stammelt:

„Ja ... äh ... Danke ... äh ... aber diplomatische Verwicklungen?"

„Ja, diplomatische Verwicklungen! Gesine Beyer ist die Tochter eines hohen bayrischen Staatsbeamten! Sagen Sie nicht, Sie hätten das nicht gewusst!"

Natürlich hatte Gesine ihm das nicht erzählt. Wozu auch? Konnte ja keiner wissen, dass das mal wichtig wird.

„Was ... was ist es denn, Junge oder Mädchen?"

„Ach, das tut doch nichts zur Sache! . . . ein Junge . . ."

Hauptmann Volkers fährt fort, indem er bestimmte Worte seiner Tirade mit Faustschlägen auf den Tisch unterstreicht:

„Sie haben unser Vertrauen, das wir in Sie gesetzt haben, missbraucht! Wie, Herr Iskariót, gedenken Sie, diese Scharte wieder auszuwetzen?"

Buchstäblich wie ein übergossener Pudel sitzt Bernd jetzt auf dem Stuhl. Er weiß nicht, was er sagen soll, was er denken soll. Er ist Vater! Mist, er ist Vater! Und als wäre das noch nicht genug, liegt zwischen ihm und seinem Kind auch noch die unüberwindbarste Grenze der Welt. Und er ist auf der falschen Seite.

„Werde ich denn . . . kann ich irgendwann mal . . . mein Kind sehen?"

„Wie wollen Sie das denn machen?! Wollen Sie etwa republikflüchtig werden?!"

„Nein, nein . . . natürlich nicht! Aber . . . ich hab ja noch . . ."

„Ihr Reisedokument ist selbstverständlich eingezogen!"

Etwas ruhiger:

„Vorläufig jedenfalls."

Nach einer Weile setzt Hauptmann Volkers sehr leise hinzu:

„Man könnte andererseits vielleicht gewisse Arrangements treffen . . ."

Dann wird er wieder eindringlich:

„Aber dann erwarten wir natürlich auch eine gewisse Gegenleistung von Ihnen, wenn Sie verstehen, was ich meine!"

Das versteht Bernd sofort. Es fällt ihm wie Schuppen von den Augen. Schlagartig wird ihm klar, zu welchem Zweck das hier alles inszeniert wird. Und – verdammte Axt – sie haben ihn. Sie haben ihn gekriegt, getroffen, sie wissen, wie man das macht. Im Hoffen, dass ihm noch ein anderer Ausweg bleibt, als mitzuspielen, fragt er trotzig:

„Sie wollen also, dass ich meine Band, meine Nachbarn, meine Freunde für Sie ausspioniere? Dass ich Spitzel werde?"

Der Hauptmann lächelt süffisant:

„Wir, in der DDR , bevorzugen den Begriff **Kundschafter für den Frieden**. *Ich würde das, was wir von Ihnen erwarten, als eine Art* **Kaffeekränzchen-Aufklärung für den Sieg des Sozialismus** *bezeichnen."*

„Sie lassen mir keine Wahl?"

„Sie haben immer die Wahl. Entscheiden Sie sich für die richtige Seite!"

Bernds Kehle ist zusammengeschnürt. Er ahnt, was jetzt kommt. Und er weiß, dass, wenn er sich für die andere Seite entschied, der Pass für immer weg wäre, sie ihn nie wieder außer Landes lassen würden und er sein Kind, von dem er heute morgen – nein, noch vor ein paar Minuten – nichts wusste, nie würde sehen können. Und auch die kleine Gesine, die ihn so abgöttisch liebte und an die er öfter denkt, als er sich selber eingesteht, wäre für immer und ewig hinter einer großen Mauer in einer anderen Welt. *Und seien wir ehrlich*, denkt er bei sich, *Republikflucht ist ein heißes Ding.* Man hörte zwar immer mal wieder von Welchen, die es auf abenteuerliche Weise geschafft haben, aber auch von vielen, die den Versuch mit ihrem Leben bezahlt haben. Und so mutig ist Bernd nun auch wieder nicht. Vielleicht ergibt sich irgendwann mal ein dritter Weg? Vielleicht könnte ja Gesine in die DDR ... nein! Nein, das wäre zu blöd, dann wären sie ja beide ... gefangen.

Man sollte sich wohl für die „richtige" Seite entscheiden. Aber was ist die richtige Seite? Entscheidet er sich für den Westen, heißt das Ausreiseantrag stellen, dann kommt unweigerlich das Auftrittsverbot – für ihn quasi Berufsverbot – das weiß er. Und schon aus Trotz würden sie seinem Ausreiseantrag nie stattgeben. Wenn er Pech hat, und das ist nicht unwahrscheinlich, stecken sie ihn am Ende nach Bautzen ins „Gelbe Elend". Davon hat er schon einiges gehört. Oder aber in ein noch schlimmeres Gefängnis – davon spricht man nur gerüchteweise und hinter vorgehaltener Hand. Miese Aussichten, ganz miese Aussichten. Und eine sehr harte Strafe für fünf Minuten Spaß ... na gut, das sagt man so – fünf Minuten Spaß – für Bernd war da schon mehr dabei. Er glaubt schon, dass er sie liebt, diese kleine Gesine, und er ist sicher, sie ihn auch. Die Erste, die ihm die Sinne richtig vernebelt hat. Es war sehr schwer gewesen, Kronach zu verlassen. Aber Gesine ist ihm ja nachgereist. An allen Spielorten im Westen war sie da. War für ihn da, quasi

Tag und Nacht bei ihm. Sein erstes richtiges Groupie! Es waren die schönsten zwei Wochen in seinem Leben gewesen. Und das hatte mit dem „Westen" als solches überhaupt nichts zu tun gehabt. Wie erhält man sich das, ohne einen zu hohen Preis zu zahlen? Welcher Preis ist „angemessen"?

Der Opportunist in Bernd siegt.

„Wo muss ich unterschreiben?"

„Hier ist ein leeres Blatt Papier und ein Füllfederhalter. Schreiben Sie leserlich, was ich Ihnen diktiere!"

Bernd schreibt. In seinen Ohren rauscht es. Was macht er hier eigentlich? Er verrät seine Freunde, seine Bekannten.

Andererseits . . . er hat es doch in der Hand, was er dem Hauptmann verrät . . . Ja, er muss ja nicht alles erzählen . . . genau . . . durchaus möglich . . . Aber irgendwas wird er ihnen geben müssen. Er wird ewig in der Zwickmühle sein.

„Und jetzt bitte mit vollem Vor- und Nachnamen unterschreiben. Wie soll eigentlich Ihr Deckname lauten?"

Bernd überlegt kurz.

„Judas . . . IM Judas."

„Wie originell! Aber bitte – Ihre Entscheidung, IM Judas, wir treffen uns in einer Woche an einem Ort, den ich Ihnen noch benennen werde. Sollten Sie je in Schwierigkeiten geraten oder eine wichtige Information für mich haben, rufen Sie diese Nummer an."

8.

Kronach, Mitte Juli 1990

Bauer Moser schiebt mit seiner behandschuhten Hand die wilden Rosenbüsche, die links und rechts vom Hauseingang stehen, etwas beiseite und schließt die Tür auf.

„Das ist das Haus von unserm ehemaligen Feuerwehrchef – Gott hab ihn selig – der ist vor ungefähr zehn Jahren an dieser furchtbaren Grenze gestorben."

Die Scharniere beginnen kurz zu quietschen und beenden die Türöffnung mit einem leisen Knarren.

„Ich werd' dann gleich mal die Ölkanne holen. Kommen sie 'rein!"

Torsten tritt ins Haus. Der Flur ist nicht groß. An der Wand hängt eine Garderobe aus den Siebzigern. Auch die Tapete verrät, dass hier schon lange nicht mehr renoviert wurde. Weitere Einrichtungsgegenstände fehlen. *Da hing mal ein Spiegel*, denkt Torsten und bemerkt schon wieder so ein komisches Gefühl. Aber ja, man sieht ja noch den Abdruck auf der Tapete! Weiß . . . weiß muss er gewesen sein, der Spiegelrahmen. Woher . . . ? Weil es zum weiß gestrichenen Treppengeländer passt? Wer streicht denn aber ein Treppengeländer mit weißer Farbe? Da sieht man doch jeden Schmutzfleck sofort! Das war in den Siebzigern wohl eben so Mode. Ah ja – rechts ist die Treppe nach oben. Dahinter . . . das muss die Tür zum Keller sein. Links steht die Tür zum Wohnzimmer offen ... und geradeaus ist mit Sicherheit die Küche. Torsten kommt es so vor, als wenn er sich hier bestens auskennen würde. Aber vielleicht ist das ja auch nur ganz logisch. Die Küche baut man nicht in den Keller. Und auch nicht unters Dach.

„Wieso ist er denn an der Grenze gestorben?"

Torsten dreht sich wieder zu Bauer Moser.

„Das weiß keiner so recht. Jedenfalls hat ihn wohl eine alte Mine erwischt, da oben im Wald. Man sagt, er wäre wahrscheinlich beim Schwammerln suchen drauf getreten. Komisch nur, dass seit dem Tag auch seine Frau und das Kind verschwunden sind ... einfach weg. Wie vom Erdboden verschluckt. Seit zehn Jahren versucht die Bürgermeisterei noch irgendwelche lebenden Verwandten auszumachen: nix. Ich hab der Frau ja nie getraut. Die war ja nie da. Nur am Wochenende ... hat irgendwo in einer Kaserne gearbeitet, sagt man, auf irgendeinem Truppenübungsplatz von der NATO. Eine Frau gehört doch zu ihrem Mann und zu ihrem Kind – nicht in irgendeine Bundeswehrkaserne! In der „Eiche" haben sie damals spekuliert, sie wäre mit 'nem GI durchgebrannt. Und der Mann von ihr hätte sich draufhin umgebracht. Oder er hätt' sich umgebracht und sie ist draufhin weggelaufen. Aber so ganz weg, mitsamt dem Kinde? ... tsss ..."

Moser schüttelt den Kopf. Er führt Torsten in das Wohnzimmer. Am hinteren Ende des Wohnzimmers ist die Tür zur Terrasse. Die Scheiben sind leicht milchig, was wohl an dem Staub der letzten zehn Jahre liegen mag, der hier überall zu finden ist. Torsten wischt über das Glas, um etwas sehen zu können.

„Ja, die Fenster könnten auch mal wieder geputzt werden. Vielleicht schicken die von der Immobilienfirma ja noch jemand, der das macht",

versucht Moser zu entschuldigen. Torsten schaut auf die Terrasse. Da stehen zwei alte Gartenbänke mit abblätternder Farbe, über Eck gestellt – davor ein Tisch, dessen hölzerne Oberfläche von den Regenfällen der letzten zehn Jahre aufgequollen ist. Obenauf steht noch . . . seine Tasse! Das ist seine Frühstückstasse! Nein, quatsch! Im Kinderheim hat er eine schwarze Plastiktasse gehabt. Und auch noch nicht mal seine eigene. Aber er ist sich sicher, dass er in einem früheren Leben genau so eine Tasse hatte! Quietschgelb mit einem Abziehbild von Donald Duck an der Seite. Aber woher hätte er solch eine Tasse haben sollen? . . . in der DDR? . . . Westverwandtschaft hatte er ja keine gehabt. Genaugenommen gar keine Verwandtschaft. Er verspürt einen Stich in der Magengegend. Das war die Klinke der Terrassentür. Er drückt sie vorsichtig herunter – die Tür ist unverschlossen.

Torsten tritt hinaus. Hinter der kniehohen Natursteinmauer beginnt der verwilderte Garten. Mitten darin die vier alten Obstbäume: zwei Apfel- und zwei Pflaumenbäume. Dahinter – das muss mal ein Beet gewesen sein. *Erdbeeren! Erdbeeren und Bohnen* schießt es durch Torstens Kopf. Was ist das, was da immer wieder versucht, an die Oberfläche zu kommen? Die Erinnerung an sein früheres Leben vor dem Unfall? Aber das war doch in Dresden – nicht in Kronach! Rechts von der Terrasse die alte Schaukel am Baum. Dort sieht er sich sitzen, als Kind. Torsten muss sich jetzt auf die Steinmauer setzen, alles dreht sich in seinem Kopf. Nein! Nein! Nein! Das kann alles nicht sein! Worauf hat er sich hier bloß eingelassen? Wäre er doch im Gasthof geblieben! Bauer Moser fragt besorgt:

„Geht es Ihnen nicht gut? Soll ich 'n Doktor rufen?"

„Nein, nein . . . geht gleich wieder . . . ist nur der Kreislauf, wahrscheinlich."

Torsten sieht wieder zur Schaukel. Da steht noch ein Junge und schiebt ihn an. Das ist sein bester Freund, das weiß Torsten jetzt. Oder zumindest ist er sich sicher. Er kann den Jungen nicht genau erkennen, weil er mit dem Rücken zu ihm steht. Torstens Kopf fängt an zu brummen. Dann dreht sich der Junge in seinem Trugbild um.

„Das ist doch . . ."

Torsten springt auf. Er hat den Jungen erkannt. Und er möchte nicht glauben, was er gesehen hat. Seine Gedanken fahren Achterbahn. Er muss hier 'raus! Er dreht sich zu Bauer Moser um:

„Entschuldigen Sie!"

„Ja, was ist jetzt?"

„Ich muss wieder zurück in die Alte Eiche . . . dringend! Und vielen Dank für alles, Herr . . ."

„Moser."

„Ja."

Torsten stürmt durch die Tür ins Haus, durch das Wohnzimmer, den Flur, hinaus auf die Straße. Getrieben von einer unheimlichen, schier unfassbaren Erinnerung hastet er durch die Straßen und Gassen zurück zum Gasthof „Alte Eiche".

9.
Kronach, Sommer 1976

Im Garten grünt und blüht es. Die Apfelbäume zeigen schon kleine Früchte, die Pflaumen sind noch grün, aber die Kirschen in Nachbars Garten dafür fast reif. Etwas weiter weg summen die Bienen der nahen Imkerei, eine Hummel tummelt sich über dem Blumenbeet, die Schwalben fliegen hoch und ein Kuckuck ruft vom nahen Wäldchen herüber. Torsten sitzt noch auf der Schaukel, bevor Mama ihn gleich hereinrufen wird. Sein Freund Sascha, der Sohn vom neuen Gastwirt, ist eben von seiner Mutter abgeholt worden - nun ist er allein im Garten. Torsten ist ganz still geworden – weil es so schön ist an diesem Sommersonntagabend. Und Mama ist da.

Morgen muss sie ja wieder weg, arbeitet die ganze Woche als Sekretärin in einer Bundeswehrkaserne. Sie erzählt nicht viel von ihrer Arbeit, nur, dass es wohl eine sehr wichtige Arbeit ist. Dafür ist sie aber die ganze Woche weg. Dann ist er mit Papa alleine. Nicht den ganzen Tag, da ist er im Kinderladen - Papa muss ja auch arbeiten. Aber abends - Papa erzählt ihm dann die Gute-Nacht-Geschichten.

Den Papa mag er auch sehr - auf den ist er stolz. Schließlich ist Papa Feuerwehrmann, und wenn Torsten groß ist - das weiß er ganz genau - will er das auch werden. Manchmal träumt er davon, wie er, Torsten, das Feuerwehrauto zum Einsatz fährt, mit Tatütata und Blaulicht, wie er seine Feuerwehrleute dirigiert und anspornt und wie er als Erster auf die Feuerwehrleiter steigt und seine Freundin Lisa vom Kinderladen aus den Flammen rettet. Dann wären alle mächtig stolz auf ihn, vor allem sein Papa!

Ja, sein Papa ist sein Held, sein großes Vorbild. Aber Mama fehlt schon sehr. Deshalb freut er sich immer auf Freitagabend, wenn sie mit ihrem Käfer die Straße herauf geknattert kommt. Dann ist endlich Wochenende und Mama ist da!

Mutter Breisacher, die eigentlich Hannelore heißt, aber der Einfachheit halber von ihren beiden Männern im Haus nur Mama genannt wird, hat gerade in der Abendsonne die Beete mit den Bohnen gegossen und eine Schüssel Erdbeeren fürs Abendbrot mit hineingenommen.

Sie müsste mehr Zeit für den Garten haben, denkt sie, und für ihre Familie, und überhaupt. Sie würde so gern mit ihrem Sohn im Garten herumalbern, mit ihm basteln und spielen, an seiner Entwicklung mehr beteiligt sein. Aber das geht nur am Wochenende. Morgen schon muss sie die beiden wieder alleinlassen. Und wenn sie am Freitagabend heimkommt, scheint es, als sei Torsten schon wieder ein wenig gewachsen. Er ist sowieso für seine knapp sechs Lenze schon sehr fortgeschritten, manchmal schon erschreckend groß, denkt sie. Wie er versucht, im Haushalt und im Garten zu helfen, seine Mama zu ersetzen ... na gut, das meiste macht schon noch die Nachbarin, die für ein paar Stunden täglich als Haushaltshilfe die Wirtschaft zusammenhält. Aber Torsten ist, dafür, dass er dieses Jahr erst in die Schule kommt, schon bemerkenswert ernst. Ach, wenn sie nur mehr Zeit für ihn hätte ...

Aber da ist ihre Stelle als Sekretärin, die kann sie nicht einfach so aufgeben. Sie ist ja schließlich Zivilangestellte der Bundeswehr, da kündigt man nicht so einfach. Und die Bezahlung ist gut. Sehr gut sogar. Am Ende war es auch ihr Gehalt, das bei der örtlichen Sparkasse den Kredit für das kleine, gemeinsame Heim ermöglicht hat.

Sie erinnert sich noch gut, wie stolz sie damals 1969 war, als sie diese Stelle bekommen hat. Der kalte Krieg war in den 60ern immer mal recht warm geworden und Hannelore, die aus einer traditionell sozialdemokratischen Münchner Familie stammt, hielt es mit John F. Kennedy: „Frage nicht, was dein Land für dich tun kann, sondern frage, was du für dein Land tun kannst." In diesem Sinne war sie erzogen worden. Und sie wollte etwas tun. Sie wollte da sein, wo wichtige Entscheidungen getroffen werden, wollte Karriere machen. Zu dieser Zeit träumte sie noch davon, es eines Tages bis nach Bonn zu schaffen, bei der Bundesregierung zu arbeiten. Da kannte sie ihren späteren Mann noch nicht, den hat sie ja dort, in der Kaserne, erst kennengelernt.

Roland Breisacher war Militärkraftfahrer gewesen. Er absolvierte seinen Wehrdienst bei einem Panzerbataillon. Hauptsächlich bestand sein Dienst darin, irgendwelche Bundeswehr-Generäle oder, meist zivile, NATO-Dienstgrade von A nach B und, manchmal über C, wieder zurück nach A zu chauffieren. Einen speziellen NATO-Hengst, dessen wahren Dienstgrad er nie erfuhr, weil jener eben immer in Zivil kam, musste er öfter zu einem bestimmten Waldstück nördlich von Kronach fahren. Roland dachte sich nichts dabei, kam der doch regelmäßig mit Beuteln voller Pilze wieder aus dem Wald heraus. Und außerdem hatte Roland dann ein wenig Freizeit, in der er meist nach Kronach hineinfuhr. Oft saß er dann über Mittag in der „Alten Eiche", wo er auch von den offenen Stellen bei der Kronacher Feuerwehr erfuhr, auf die er sich nach seinem Militärdienst bewarb.

Es war keine leichte Entscheidung gewesen damals. Im Spätsommer 1970 hat er seine Hannelore geheiratet, Söhnchen Torsten war schon unterwegs, aber da war auch Hannelores Anstellung, die sie nicht aufgeben wollte. Den Ausschlag gab letztendlich das Angebot durch die Stadt Kronach, bei der Suche nach einer Wohnung und Kinderbetreuung behilflich zu sein. Ja, sie wollten ihn unbedingt haben. Überhaupt wollen sie junge Leute in dieses Zonenrandgebiet holen. Es ziehen ja so viele weg. Deshalb haben sie dieses kleine Eigenheim aus den Fünfzigern samt Kredit vermittelt bekommen und vor allem gab es jemanden, der Torsten die Woche über betreute, so dass Hannelore ihre Stellung behalten konnte. Und so wurde Roland Feuerwehrmann, der große Held seines Söhnchens Torsten.

Torsten genießt diesen Sommersonntagabend. Er sitzt ganz still auf der Schaukel und träumt davon, dass Mama nie wieder fort müsste. Die Erdbeeren duften herüber, ein paar Mücken spielen in der Abendsonne, die Schwalben fliegen hoch, der Kuckuck hat Einsicht in die Vergeblichkeit seiner Rufe und schweigt nun. Dafür weht die Stimme von Torstens Mama herüber, die ihre Männer zum Abendbrot ruft. Torsten nimmt sich vor, ganz langsam zu essen, um die Zeit, bis er ins Bett muss, noch etwas auszudehnen. Mama liest ihm zwar immer noch eine Gute-Nacht-Geschichte vor, aber morgen früh, wenn er aufsteht, wird sie schon wieder zu ihrer Arbeit unterwegs sein. Und dann dauert es fünf lange Tage, bis sie wiederkommt. Ganz langsam gleitet Torsten von der Schaukel und schlendert zur Terrasse. Es duftet nach Hagebuttentee und gezuckerten Erdbeeren. Ach, wenn dieser Abend doch nie enden würde ...

10.
Kronach, Frühjahr 1973

Sascha denkt Bernd, Sascha also hat sie ihn genannt. Wie kommt sie nur auf einen russischen Namen? Nun ja, es gibt Schlimmeres.

In Wirklichkeit ist er überwältigt, sein eigen Fleisch und Blut endlich mal zu sehen. Reichlich zwei Jahre ist er jetzt alt, der kleine Sascha. Versteckt sich noch etwas schüchtern hinter der Mutter, versteht noch nicht, wer dieser Bernd ist. Aber Gesine ist ihm ja um den Hals gefallen und hat ihn abgeküsst, als wäre er von einer langen Seefahrt zurückgekehrt.

Dabei ist er hier nur auf Urlaub, eigentlich eher auf Freigang. Kommt aus einem völlig anderen System, einer komplett anderen Welt. Das ist ihm jetzt erst richtig bewusst geworden. Er ist Freigänger einer quasi ... naja ... lebenslangen Haft, wie er es mittlerweile sieht. Andere sehen das sicher anders. Seine Band-Kollegen zum Beispiel. Die haben sich mittlerweile arrangiert mit dem Staat DDR und eingerichtet in ihrem Leben. Für die ist die neuerliche Konzerttournee tatsächlich so etwas wie eine ungewöhnliche Urlaubsreise. Aber Bernd kann das seit einiger Zeit nicht mehr so hinnehmen. Für ihn, auf den hier im Westen ja Freundin und Kind warten, ist diese Mauer und die Bettelei um Reisedokumente unerträglich geworden. Immerhin, nachdem er ein wenig hier und ein wenig da „gebohrt" hat, ein paar Beziehungen hat spielen lassen, sind sie wieder auf Konzerttournee geladen worden. Und man hat ihnen tatsächlich großzügig die Tournee erlaubt. Aber wenn das ein Dauerzustand sein soll?

Der Saal in der „Alten Eiche" kocht. Es ist fast wieder wie damals vor drei Jahren – nur diesmal spielt die Iskariót-Formation allein und darf einen vollen Abend bestreiten. Die Getränke-Beschränkung ist auch aufgehoben und sie haben sogar ein warmes Abendessen bekommen. Alle sind glücklich, besonders aber Gesine. Ihre große Liebe ist wieder da. Der Vater ihres Kindes, der Mann, den sie sich für ihr Leben wünscht! Er steht da vorne auf der Bühne und gibt hinreißend den Dichter, den Poeten, zitiert aus der Weltliteratur, als hätte er sie selbst geschrieben, brilliert mit Klassikzitaten auf der Elektro-Orgel, er ist der große Magier auf der Bühne. Einsfünfundachzig groß, Heldenbrust und Gladiatoren-Kreuz, aber feingliedrige, gepflegte Hände und Geist. Letzteres beeindruckt Gesine ja am meisten. Ein Mann mit seinem Intellekt muss für Größeres berufen sein. Wie nur kann sie einen solchen Mann halten? Wie kann sie ihn überzeugen, bei ihr zu bleiben? Wenn sie ehrlich ist, rechnet sie gar nicht mit so viel Glück. Ihr ist flau im Magen, weil sie Angst hat, dass er morgen schon wieder Adieu sagt und hinter dem großen Zaun, der die zwei Halbwelten trennt, verschwindet. Sie wird mit ihm reden müssen. Gleich nach dem Konzert! Oder vielleicht etwas später. Oder heute Nacht in der Bodenkammer. Gesine hat Angst, den richtigen Zeitpunkt zu verpassen. Gibt es den überhaupt?

Der richtige Zeitpunkt kommt zum Frühstück. Der Rest der Iskariót-Formation frühstückt im Gastraum, aber für das junge Paar hat die alte Wirtin Weißbrot, Butter, Marmelade und eine große Kanne Kaffee in die Bodenkammer gebracht. Mit einem hintergründigen Lächeln und einem Augenzwinkern wünscht sie „Guten Hunger" und drückt heimlich Gesine die Daumen. Klein-Sascha bekommt eine warme Milch und Gesine nimmt einen großen Schluck Kaffee, bevor sie anfängt:

„Sag mal ... hmmm ... wie soll ich anfangen ...?"
Gesine rührt verlegen in ihrem Kaffee.
„Frag einfach",
lächelt Bernd.
„Sag mal . . . hast du schon mal drüber nachgedacht ..."
„Sehr oft und sehr lange",
unterbricht sie Bernd.
„Woher weißt du, was ich fragen will?"
„Das liegt doch auf der Hand. Und irgendwann müssen wir ja darüber reden. Ich hab mich schon gewundert, dass du nicht eher davon angefangen hast. Und ... ja, ich habe sehr oft und sehr lange darüber nachgedacht, ob ich hierbleiben möchte."

Gesine ist etwas überrascht. Das geht einfacher, als sie dachte.

„Und ... möchtest du?"

Gesines Herz stolpert vor Aufregung.

„*Hmmm . . . das ist eine schwierige Entscheidung.*"

„*Wieso, was ist daran schwierig . . . ?*"

„*Nun . . . weißt du, ich würde mein ganzes bisheriges Leben wegwerfen. Meine Band, meine Wohnung, mein Auto, meine Arbeit . . . überhaupt . . . meine Heimat . . . ich würde für sehr lange Zeit – wenn nicht gar für immer – nicht mehr nachhause zurückkehren können. Meine Freunde, meine Eltern . . . alles bleibt hinter der Mauer zurück.*"

„*Und das ist es dir nicht wert . . .*"

Gesine klingt jetzt resigniert und enttäuscht.

„*Das hab ich nicht gesagt*",

antwortet Bernd. Gesine schöpft Hoffnung.

„*Auf der anderen Seite bist du . . . und Sascha . . . und eine neue . . . freie . . . Welt. Ein neues Leben voller Möglichkeiten und keinen Bittstellereien wegen Reisedokumenten mehr . . . mit einem Menschen an meiner Seite, der mich liebt . . . vielleicht einer Familie . . . du liebst mich doch?*"

„*Wie kannst du zweifeln? Wäre ich sonst hier?*"

„*Ich will nur, dass du weißt, dass diese Entscheidung nicht leicht für mich ist . . .*"

Bernd atmet hörbar tief durch. Dann steht er auf und kniet sich vor Gesine hin.

„*Liebe Gesine, ich weiß, das kommt jetzt etwas überraschend . . . oder auch nicht . . . und ich hab noch nicht mal Ringe dabei . . . aber möchtest du meine Frau werden?*"

Der zweite Moment der Wahrheit kommt, als Bernd sich seinen alten Kumpel Gerd, mit dem er so viele Jahre zusammen Musik gemacht hat, zur Seite nimmt. Sie stehen draußen vorm Gasthof. Frieder und Klaus-Peter sind damit beschäftigt, die Koffer in den Wolga zu pressen – die Beiden müssen das nicht gleich wissen. Außerdem kann der sogenannte Tournee-Leiter, der jetzt insgeheim doch als Aufpasser gehandelt wird, jeden Moment um die Ecke kommen. Jetzt muss es schnell gehen. Bernd drückt Gerd die Wolga-Schlüssel in die Hand und zischt:

„Du fährst! Papiere sind im Handschuhfach."

„Und du?",

fragt Gerd verwundert,

„Ich bleibe, Gerd . . . ich bleibe bei Gesine und Sascha."

„Das hab ich mir fast gedacht . . . hätt'ste nich offiziell einen auf Familienzusammenführung machen können, oder so?"

Jetzt schaut Bernd verwundert und auch ein wenig mitleidig auf Gerd herab.

„Bist du wirklich so naiv, Gerd? Die hätten mich doch nie und nimmer 'rausgelassen . . . im Gegenteil, die würden mir erst mal ein Berufsverbot verpassen und mich dann schmoren lassen . . . erinnere dich mal, wie's der Frau von deinem Cousin gegangen ist: Lehrerin, Berufsverbot bekommen . . . hätte die nicht den Fluchthelfer in Ungarn gehabt, wäre die nie 'rausgekommen . . ."

Gerd senkt den Blick.

„Du hast ja recht . . . aber so Knall auf Fall?"

„Wie sonst? Nicht, dass unser Aufpasser noch was mitkriegt und hier einen Auflauf veranstaltet . . . Also, der Wolga und alles, was drin ist – die Anlage und so - gehört dir, Gerd. Führe die Band weiter! Bei meinen Eltern liegt ein entsprechendes Testament. Am Schlüsselbund sind auch die Schlüssel zu meiner Wohnung, gib die bitte meinen Eltern . . . und sag einen schönen Gruß, sobald ich weiß, wie's mit mir weitergeht, melde ich mich. Sag ihnen das, hörst du?"

Gerds Stimme klingt jetzt wieder fester:

„Klaro, du kannst dich auf mich verlassen, Bernd. Ich tu's zwar nicht gern, aber ich tu's . . . für dich!"

Bernd nickt zufrieden:

„Und jetzt geh zu den Anderen! Ich will auf der Polizeiwache sein, wenn ihr abfahrt und das hier auffliegt, damit unsere Anstandsdame keine Chance mehr hat, mich aufzuhalten . . . du weißt ja . . ."

„Ich weiß . . . mach's gut, mein Großer . . . und alles erdenklich Gute!"

Sie nehmen sich in die Arme drücken sich kurz aber herzlich, Bernd fasst Gerd nochmal an den Schultern und sagt:

„Mach's gut, mein Kleiner . . . und danke für alles . . . !"

Dann dreht er sich schnell um, damit Gerd nicht sieht, dass Bernds Augen feucht werden, und geht eilig über den Platz in die Gasse gegenüber, hin zur Polizeiwache, wo er sich melden wird. Gerd sieht ihm noch einen Moment etwas bedeppert hinterher, dann geht er traurig in Richtung Wolga zu den anderen.

11.

Kronach, Frühjahr 1974

Bernd steht am Zapfhahn in der „Alten Eiche". Er hätte sich das nie träumen lassen, dass er mal auf der anderen Seite des Tresens stehen würde. Aber von irgendwas muss man ja leben - zumal, wenn man Frau und Kind ernähren will. Und, so makaber das klingt, denkt Bernd, es hat auch etwas Gutes, dass der alte Wirt Ende Februar einen Schlaganfall gehabt hat: Da konnte Bernd bereitwillig einspringen. Es ist nicht der Traumjob, nicht das, was er sein ganzes Leben tun möchte, aber es ist immerhin ein Anfang – ein neuer Job in einer neuen Welt, nachdem er so lange arbeitslos war.

Seine Gesine hat er geheiratet, gleich nachdem er im Westen geblieben ist. Sein Sohn sollte schließlich in geordneten Verhältnissen aufwachsen! Nein, das war nicht der alleinige Grund. Schließlich hat er auch und vor allem ihretwegen seine Heimat aufgegeben. Und er liebt sie noch wie am ersten Tag. Und eigentlich ist er glücklich. Sehr glücklich. Nur seine Musik fehlt ihm. Damit er nicht ganz aus der Übung kommt, hat seine Gesine ihm ein altes Harmonium besorgt. Aber er spielt kaum drauf. Seine Band fehlt ihm doch sehr. Und hier in Kronach findet er augenscheinlich keinen Anschluss, um so etwas wie seine Iskarióт-Formation aufzubauen.

Bernd hängt, versonnen die Gläser abtrocknend, seinen Erinnerungen an eine bewegte Vergangenheit als Musiker nach. Der verrauchte Gastraum ist mittlerweile leer – das Mittagsgeschäft ist vorüber. Die alte Wirtin, die nach wie vor jeden Tag in der Küche steht, hat sich hastig verabschiedet, um ihren Mann in der Pflegeanstalt zu besuchen. Gesine, die als Hausmädchen die Fremdenzimmer herrichtet, ist mit Söhnchen Sascha zum Kinderarzt gegangen. Bernd ist ganz allein im Haus.

Da geht mit einem Ruck die Eingangstür auf, und . . Hauptmann Volkers steht in der Tür. Bernd erschrickt so, dass er das Weinglas, welches er gerade poliert, zerbricht.

„Was schauen Sie so bedeppert, Herr Iskariót, haben Sie etwa gerade einen Geist gesehen?"

„Was... was...?"

Bernd gerät ins Stottern. Er ist erschüttert bis ins Mark und wird kreidebleich.

„Dachten Sie etwa, wir finden Sie nicht, IM Judas?"

„Aber..."

„Was aber? Woher wir wissen, dass Sie hier arbeiten? Wir wissen alles, Herr Iskariót!"

Hauptmann Volkers versucht sich jovial über den Tresen zu lehnen, so wie er es in schlechten DDR-Agentenfilmen gesehen hat. Die Kunstlederjacke sieht an ihm etwa genauso lächerlich aus, wie ein Bolerojäckchen an einer deutschen Bulldogge.

„Nun, wie geht's uns denn so? . . . Was macht die Frau? . . . Ihr Söhnchen ist ein wenig krank, haben wir erfahren . . ."

Bernd hat jetzt einen Kloß im Hals. Woher zum Teufel . . . Und warum spricht dieser Hauptmann immer in der Mehrzahl, ist er doch augenscheinlich ganz allein? Schleichen schon einige Stasi-Agenten ums Haus? Er wird beobachtet, ganz offensichtlich. Aber warum, zum Henker? Was hat er getan? Er hat sich nur für seine Familie entschieden! Und für die Freiheit. Ist das einfach Rache?

„Sie haben uns ja schändlich verraten, IM Judas! So mirnichtsdirnichts das Land zu verlassen und Ihren Dienstherren zu hintergehen. Sie wissen schon, dass Landesverrat und Verrat am Dienstherren - und am Sozialismus - auch durchaus mit der Todesstrafe geahndet werden kann?"

Der Kloß aus Bernds Kehle plumpst jetzt bis in sein Gedärm.

„Nicht so laut, ich bitte Sie!"

Bernd hat Schweißperlen auf der Stirn. Hauptmann Volkers spricht jetzt betont laut.

„Wieso, ist Ihnen das etwa unangenehm, dass Sie für uns arbeiten? Ist doch eine ehrenwerte Berufung? Darf das etwa hier in der sogenannten Freiheit keiner wissen?"

Der Stasi-Offizier versucht diabolisch zu grinsen, was ihm, objektiv betrachtet, nicht so recht gelingt, aber Bernd krallt seine Hände in den Tresen, dass die Fingerkuppen ganz weiß werden. Er ist keinesfalls mehr objektiv.

„Ich beschwöre Sie! Zerstören Sie mir bitte nicht meine neue Existenz! Wir sind hier in einer Kleinstadt! Wenn das irgendjemand erfährt, bin ich erledigt, bis ans Ende meiner Tage! Und ... das mit der Todesstrafe ... meinen Sie doch nicht wirklich ernst ... oder?"

Bernds Hände sind schweißnass und Volkers lächelt jetzt süffisant.

„Nun, das haben Sie ein Stück weit selbst in der Hand. Sie brauchen sich nur an unsere alte Vereinbarung zu halten, IM Judas. Wir haben doch so gut zusammengearbeitet! Machen Sie einfach weiter damit!"

Bernd ist entsetzt.

„Nein ... das kann nicht Ihr Ernst sein!"

„Wie ... so schnell geben Sie das hier alles auf? Ihre Existenz, ihre Familie? Ihren funkelnagelneuen Pass? Was glauben Sie, was passiert, wenn die Behörden erfahren, dass Sie für uns in der DDR gearbeitet und so viele Freunde ausgekundschaftet haben ... ? Wie Sie uns damals den Lehmann und seinen gefälschten Pass geliefert haben, das hatte schon was, war gute Arbeit ... Und dem BND einen Tipp zu geben, dass Sie noch immer für uns arbeiten, ist eine unserer leichtesten Übungen! Und was soll dann Sascha eines Tages über seinen Vater denken? Und Ihre Frau Gesine? Und die Nachbarn?"

Der Hauptmann macht eine bedeutende Pause.

„Andererseits könnten Sie ja – ihre Mitarbeit vorausgesetzt – auch mit durchaus großzügigen Hilfen rechnen. Und ich rede nicht von DDR-Mark ... Zum Beispiel, falls Sie sich mal dazu entscheiden sollten, diesen Gasthof hier zu kaufen. Der alte Besitzer wird es ja eh' nicht mehr

lange machen und seine Frau wird jeden Pfennig brauchen, um die Pflege und die Grabstelle zu bezahlen."

Bernd ist sprachlos über so viel Dreistigkeit. Aber er hat auch Angst, große Angst. Dieser Stasi-Offizier meint, was er sagt. Das weiß Bernd nur zu gut.

„Was, zum Teufel, erwarten Sie von mir?"

„Machen Sie einfach da weiter, wo Sie vor einem Jahr aufgehört haben. Halten Sie sich weiter an unsere Vereinbarung!"

Ehrliches Unverständnis macht sich auf Bernds Gesicht breit.

„Aber was, zum Geier, sollten Ihnen die Bauern, die hier meine Gäste sind, verraten können? Was sollten die wissen, was für Sie interessant wäre?"

Hauptmann Volkers lächelt scheinbar amüsiert.

„Das lassen Sie unsere Sorge sein, IM Judas! Ich frage Sie schon, was ich wissen will ... Da kommt zum Beispiel regelmäßig so ein komischer Engländer, der ein sehr gutes Deutsch spricht, in ihr Gasthaus. Der, der immer mit den vielen Pilzen und Beeren aus dem Wald kommt ... Sie wissen schon ... Hören Sie doch einfach mal etwas genauer hin. Egal, wie banal das auch sein mag, was er sagt, erzählen Sie es mir ..."

„Der Engländer, hmm? Der ist also interessant?"

Volkers grient vielsagend.

„Naja ... hört sich ja fast wie in einem Agentenfilm an",

sagt Bernd etwas gedehnt. Der Hauptmann richtet sich jetzt auf und fragt:

„Und? Kann ich mich auf Sie verlassen?"

„Ich hab ja wohl keine Wahl."

Bernd klingt resigniert.

„Doch, die haben Sie immer. Aber Sie haben sich offensichtlich richtig entschieden. Also dann . . . Auf gute Zusammenarbeit!"

Spricht's, dreht sich auf dem Absatz um und verlässt so schnell, wie er gekommen ist, das Gasthaus.

Bernd ist am Boden zerstört. Er greift zur „Hausapotheke" – einer Flasche Selbstgebrannten – vom alten Wirt hinterm Tresen versteckt, aber doch so offensichtlich, dass Bernd sie eines Tages finden musste. Der Sechzigprozentige betäubt etwas das bohrende Gefühl in seiner Magengegend. Was war das jetzt gewesen? Er ist wieder drin! Ist wieder in der alten Zwickmühle. Das, wovor er geflohen ist, hat ihn eingeholt. Zum Teufel aber auch!

Vier Wochen später passiert, was Hauptmann Volkers prophezeit hat. Die alte Wirtin nimmt Bernd eines Abends zur Seite und fragt ihn unumwunden:

„Sag mal, Bernd, willst du nicht den Gasthof hier kaufen? Du bist ein wirklich guter Wirt, könntest was draus machen. Du bist jung und voller Tatkraft und zusammen mit deiner lieben Frau . . . wäre das nicht eine gute Existenz für deine Familie?"

„Das kommt jetzt etwas überraschend."

Die alte Wirtin verzieht das Gesicht.

„Nicht wirklich. Du weißt ja, wie es meinem Mann geht. Und ich hab auch schon mit ihm drüber gesprochen . . . wo er doch wahrscheinlich nie wieder hinter dem Tresen wird stehen können . . . und mir wird die

Plackerei auch zu viel. Wir werden halt alt . . . und mein Mann ist einverstanden, du wärest unser Wunschkandidat. Was sagst du?"

Zwei gegensätzliche Gefühle streiten sich um Bernds Herz. Einerseits freut er sich über die Möglichkeit, die sich gerade eröffnet, andererseits würde ihn solch ein Gasthof auch festlegen und einschnüren. Von den drohenden Abhängigkeiten von seinem „neuen alten Dienstherrn" ganz zu schweigen. Im Grunde macht Bernd gerade Letzteres am meisten Sorgen.

„Was soll ich sagen? . . . Aber ich hab nichts. Wovon sollte ich den Gasthof kaufen können?"

Die alte Wirtin hat diese Frage erwartet.

„Na, mit einem Kredit von der örtlichen Sparkasse. Ich hab schon mit dem Hanser-Peter gered't: die örtliche Sparkasse wär' durchaus bereit dazu."

Bernd wendet ein:

„Aber ich habe keine Sicherheiten. Und . . . Kaufen ist das Eine . . . Renovieren und Erneuern noch etwas ganz Anderes."

Die Alte lächelt milde:

„Das wird sich finden, wie alles im Leben. Vertrau nur auf dich selbst! Und sprich mit der Gesine drüber, ich glaub, die würde sich auch freuen, mit dir ein Nest für die Familie zu bauen."

Keine Woche später ist Hauptmann Volkers wieder zur Stelle. Er kommt, wie beim letzten Mal, kurz nach dem Mittags-Geschäft, als der Gasthof ganz leer ist.

Gesine ist gerade mit Klein-Sascha zum Mittagsschlaf in ihre Bodenkammer gestiegen, die Bernd mittlerweile als bescheidene Wohnung zurechtgemacht hat, und die alte Wirtin ist – wie an jedem Mittag – in der Pflegeanstalt bei ihrem Mann.

„Nun ... wie schaut's aus, Herr Iskariót? Was macht der Hauskauf?"

„Ich werde wohl den Gasthof nicht kaufen können."

„Aber warum denn nicht? Die Sparkasse würde doch mitspielen und ihnen Kredit geben ... recht großzügig sogar, wie ich meine ... ?"

„Woher, zum Teufel ... ?!"

„Aber Herr Iskariót ... !"

Volkers lächelt wieder süffisant und Bernd argumentiert:

„Nun, das Eigenkapital ... fünfundzwanzig Prozent muss ich selber aufbringen. Woher soll ich das nehmen? Ich habe nichts ... und – mit Verlaub – das Aluminium-Spielgeld aus der Ost ... äh ... DDR nehmen die hier nicht ..."

Bernd schaut ein wenig triumphierend auf Volkers. Der allerdings reagiert nicht wie erwartet. Sehr beherrscht und betont sachlich sagt er:

„Nun, Herr Iskariót, wie ich weiß, muss das Eigenkapital nicht in Bargeld vorgewiesen werden. Es genügt, wenn jemand Solventes dafür bürgt."

„Und wer sollte das sein? Die Staatssicherheit der DDR vielleicht? Oder Mielke mit seinem Privatvermögen?"

Bernd muss selber über seinen Witz ein wenig lachen. Hauptmann Volkers findet das aber gar nicht lustig:

"Werden Sie nicht unsachlich, Herr Iskariót! Erstens ist das für Sie immer noch G e n o s s e Mielke! Und zweitens hatte ich Ihnen letztens schon erklärt, dass wir hier nicht über Mark der DDR reden! Ich hätte da zum Beispiel eine Handelsfirma aus München, die das übernehmen würde."

Bernd verzieht skeptisch das Gesicht.

"Und warum sollte die das tun?"

Volkers schaut belustigt zu Bernd herüber.

"Weil ICH ihr das sage? Selbstverständlich gegen eine Beteiligung an ihrem Geschäft ... versteht sich."

Jetzt fällt bei Bernd ganz langsam der Groschen. Auf seinem Gesicht macht sich Staunen und Verblüffung breit.

"Warten Sie mal, wollen Sie etwa sagen, Sie hätten eine ... ?"

Der Hauptmann strafft sich und wird jetzt sehr resolut und eindringlich.

"Machen Sie sich besser keine Gedanken darüber. Das sind Dinge, die Sie nicht hinterfragen sollten, wenn Sie an unserer Hilfe interessiert sind ... und, um das ganz klar zu sagen, wenn Sie keine Unannehmlichkeiten haben wollen!"

Da ist er, des Pudels Kern! Der Teufel hat sich offenbart. Und er hat ihm einen Pakt vorgelegt. Bernd erkennt sehr deutlich, in welchem Dilemma er sich befindet. Er kommt sich vor, wie damals, als er in der

Schulaufführung den Doktor Faustus gab. Nur dass er da mit roter Tinte unterschrieben hat. Wird Volkers jetzt gleich den Federkiel herausholen und ihn mit seinem eigenen Blut unterzeichnen lassen?

„*Nun, Herr Iskariót, sind Sie interessiert?*"

Bernd ist jetzt echt in Nöten. Wie soll er sich entscheiden? Gegen den Teufel? Aus moralischen Gründen? Dann lassen sie ihn auffliegen. Er verliert alles und wird ein armes Würstchen in einer ihm noch so fremden Welt. Er fürchtet, dann würde er Gesine verlieren und mit ihr Sascha. Bernd müsste weit weg ziehen, weg aus Kronach, wo er sich doch gerade ein wenig eingelebt hat. Er wäre verloren. Und für sein Gewissen kann er sich nichts kaufen. Nimmt er den Pakt allerdings an, bekommt er seine Finanzierung, kann den Gasthof kaufen und sich und seiner kleinen Familie eine Existenz aufbauen. Alles in allem klingt das ja gar nicht so schlecht. Warum sollte er diese Hilfe nicht annehmen? Schließlich muss er dafür ja keine Freunde mehr bespitzeln . . . hofft er wenigstens. Wenn der Teufel nur nicht solche hässlichen DDR-Kunstlederjacken tragen würde, verdammt! Aber ohne Gegenleistung keine Finanzierung. Und es sind ja nur Fremde, die er ein wenig aushorchen soll, redet sich Bernd ein.

„*Also gut, ich mach's. Ich nehme den Pakt an.*"

„*Es ist ein Geschäft, Herr Iskariót, nur ein Geschäft.*"

„*Meinetwegen auch das. Wo soll ich unterschreiben?*"

„*Naaa . . . so schnell schießen wir Preußen ja nun auch wieder nicht. Wenn Sie also interessiert sind an der*

Beteiligung der Impex GmbH & Co.KG, vereinbare ich einen Termin bei unserem Anwalt in München, am besten gleich in der nächsten Woche, und dort besprechen wir alles Weitere. Ich melde mich dann am Montag bei Ihnen."

„Montags haben wir Ruhetag..."

„Ich weiß, Herr Iskariót, ich werde Sie schon erreichen. Vertrauen Sie mir."

Vertrauen! Aus dem Mund des Stasi-Hauptmanns bekommt dieses Wort einen äußerst schalen Beigeschmack. Aber schal schmeckt der ganze Handel! Und das ist eine starke Untertreibung! Als der Hauptmann weg ist, greift Bernd wieder zum Selbstgebrannten, um sich den Mund auszuspülen... nein, er schluckt's doch lieber 'runter. Der Magen soll ja auch was davon haben. Es ist nur ein Geschäft, redet Bernd sich ein. Nur ein Geschäft...

12.
Kronach, Frühjahr 1978

Dieser Sonntag im März ist sehr kalt und nass. Torsten und Sascha können deshalb nicht auf der Terrasse, geschweige denn im Garten, spielen. Stattdessen sitzen sie im Wohnzimmer auf dem Boden vor der Terrassentür und sehen den Regentropfen zu, wie sie vom Glas perlen.

Gesine Iskariót und Hannelore sitzen auf der Couch der Breisachers und unterhalten sich. Gesine hatte sich eigentlich furchtbar innerlich aufgeregt, weil Torsten zu Weihnachten diesen Fernlenk-Panzer bekommen hat und beide Jungs jetzt damit spielen. Dabei ist Gesine doch vehement gegen Kriegsspielzeug aller Art. Sie lässt sich das aber nicht anmerken und versucht lieber ruhig gegenüber Hannelore zu argumentieren. Die wiederum ist sich der Tragweite dieses Geschenks gar nicht bewusst gewesen und eigentlich war es Roland, der diesen Spielzeug-Panzer aus Hof mitgebracht hat. So diskutieren die beiden jungen Frauen aufgeregt über Kriegsspielzeug und darüber, was das beim Erziehungsprozess für eine Rolle spielt. Gesine kommt nicht umhin, keinen Zweifel an ihrer pazifistischen Haltung zu lassen, während Hannelore aus der Position der Bundeswehr-Angestellten heraus die Notwendigkeit der Armee zu verteidigen sucht.

Ehe sich die beiden Frauen versehen, sind sie in einem lebhaften Disput über Politik, insbesondere über Ost-Politik, verwickelt.

Als Gesine nachhause kommt, erzählt sie wie beiläufig von dem langen Gespräch mit Hannelore. Davon, wie sie vom Kriegsspielzeug zur Ostpolitik gekommen sind und vor allem, dass sie Hannelore überzeugt hat, etwas für den Frieden in der Welt tun zu müssen. Darauf ist sie stolz. Bernd bemerkt das und wendet sich ihr aufmerksam zu.
„Da schau her, du kannst ja richtig gut argumentieren!",
sagt er und ist erstaunt.
„Vielleicht solltest du dich nach einer anderen Berufsperspektive umschauen?"
Er zwinkert ihr zu. Auch wenn das jetzt mehr ironisch gemeint war, ist er doch sehr stolz auf seine Gesine. Sie erzählt ihm auch, dass sie sich etwas überlegen will, wie Hannelore trotz Bundeswehr-Zugehörigkeit etwas für die Friedensbewegung tun kann. Bernd nickt. Soll sie mal machen, ist bestimmt eine gute Sache. Dann hakt er es im Geiste ab und widmet sich wieder seiner Monatsabrechnung.

Als Bernd am nächsten Tag hinter dem Tresen des Gasthofs steht, um neue Ware in die Regale zu räumen, klopft es kurz an der Gasthaustür. Bernd öffnet nichtsahnend mit einem leicht genervten
„Heute ist Ruhetag!"

„Ich weiß, IM Judas, deswegen bin ich hier."

Mist! Volkers! Der hat ihm gerade noch gefehlt! Erschrocken zieht Bernd den Hauptmann schnell zur Tür herein und in den Gastraum.

„Ihre Frau macht ja dolle Bekanntschaften, IM Judas!",

eröffnet Volkers, vor dem Tresen stehend.

„Wie . . . was für Bekanntschaften? Wie meinen Sie das?"

Bernd ist ehrlich ahnungslos, aber er wittert auch Ungemach und ist deshalb vorsichtig.

„Na, die Breisacher, Hannelore! Ihre Frau wird Ihnen doch davon erzählt haben?"

Bernd schaut verblüfft.

„Die Breisacherin? Was ist denn daran nun wieder besonders? Die ist einfach die Mutter von einem Schulfreund meines Sohnes . . ."

Volkers zieht die Augenbrauen nach oben und macht eine wichtige Miene.

„Ja, aber sie ist auch Bundeswehrangestellte . . ."

„Ja . . . und?"

„Nun, sie arbeitet als Sekretärin im Generalsstab eines Nato-Truppenübungsplatzes, da gehen wichtige Dokumente über ihren Schreibtisch, das macht sie sehr interessant für uns."

Bernd bekommt eine düstere Vorahnung dessen, was jetzt folgt.

„Was wollen Sie mir damit sagen? Soll ich etwa die Breisacherin, die immerhin eine Freundin der Familie ist, für Sie aushorchen?"

Hauptmann Volkers Miene erhärtet sich.

"Nun, erstens sollten Sie mitgekriegt haben, dass die Begriffe Familie und Freunde bei uns einen anderen Stellenwert haben und der Erkenntnisgewinnung niemals im Wege stehen dürfen! Zweitens kann ich Sie aber beruhigen, das Aushorchen könnten Sie keinesfalls besser als unsere Spezialisten mit ihrer Abhörtechnik . . . Nein, Sie sollen die Breisacherin dazu bringen, von selbst für uns tätig zu werden."

Bernd richtet sich jetzt kerzengerade auf.

"Ich . . . ich soll sie . . . anwerben? Ich hab doch gar keine Ahnung, wie das geht! Nein, das kann ich nicht! Und außerdem gibt es dafür ja wohl besser ausgebildete Leute!"

"Kommen Sie, IM Judas, Sie schaffen das schon."

Volkers legt jovial-väterlich seine Hand auf Bernds Unterarm.

"Der Trick ist, sie bei ihrem mütterlichen Instinkt zu packen. Wie jede Mutter ist auch sie für den Weltfrieden. Sie wissen das. Benutzen Sie der Breisacherin Überzeugung vom Kräftegleichgewicht gegen sie. Erklären Sie ihr, dass das Gleichgewicht – und damit der Status Quo – nur erhalten bleiben kann, wenn jede der Parteien in einem Konflikt über jede Information verfügt."

Bernd spürt jetzt eine fatale Verknotung in seinem Gedärm. Er weiß, dass er sich diesem Auftrag nicht entziehen kann.

"Und dann?"

"Wenn sie bereit ist, für uns zu arbeiten, haben wir für sie schöne, kleine, technische Spielzeuge, mit

denen sie wichtige Dokumente für uns kopieren kann, und die Sie, IM Judas, dann in einen noch einzurichtenden sogenannten toten Briefkasten legen, von wo jemand sie dann nach Berlin bringt. Sie sehen, alles ganz sicher und ungefährlich, das Hauptrisiko trägt am Ende der Kurier ... naja, und die Breisacherin. Die darf sich halt nicht erwischen lassen."

13.
Kronach, Frühjahr 1980

Bernd hat es sehr eilig. Das Herz schlägt ihm vor Aufregung bis zum Hals. Nun ist es also passiert: das, vor dem er sich so lange gefürchtet hat! Er verriegelt hastig die Gasthoftür und hängt das „Heute Geschlossen"-Schild hinaus. Mit einem Satz nimmt er die drei Stufen auf den Vorplatz hinunter und stoppt an seinem alten '70er Opel. Wo hat er nur die verdammten Wagenschlüssel? Linke Jackentasche, rechte Jackentasche, Hosentaschen – ah, in der Brusttasche sind sie! Aufschließen und Hineinspringen sind fast eins. Der Motor startet sofort und mit quietschenden Reifen fährt Bernd vom Hof.

„Jetzt muss ich schnell sein – sehr, sehr schnell, sonst wird das hier zum Desaster",

murmelt Bernd vor sich hin.

Vor ein paar Minuten hat Hauptmann Volkers angerufen – das war schon sehr ungewöhnlich, eigentlich tabu. Bernd ahnte sofort, dass es Ärger oder Gefahr bedeutet. In dem Falle, wie Volkers schnell klarmachte, vor allem für Hannelore. Der Stasi-Führungsoffizier sprach von einer internen Untersuchung bei der Bundeswehr, die im Moment im Gange wäre. Ein Doppelagent des Militärischen Abschirmdienstes in Bonn hatte Ostberlin einen Tipp gegeben, dass seine Abteilung II einen Stasi-Informanten innerhalb einer Kaserne am Standort Grafenwöhr vermutete. Im Moment sind gerade Beamte aus der Dienststelle München dorthin unterwegs. Die Kaserne ist bereits hermetisch abgeriegelt. Die Breisacherin kann aber davon noch nichts erfahren haben, weil sie eben ein paar Tage Urlaub hat. Bernd muss sie warnen, schließlich hängt auch seine Sicherheit davon ab. Und er wird sie evakuieren, für eine solche Situation gibt es seit langem einen Notfallplan. Volkers hat ihm nur kurz die Uhrzeit für die Aktion durchgesagt und Bernd weiß nun genau, was er zu tun hat.

Das Tor zum Garten des kleinen Hauses ist angelehnt. Bernd stürmt hinein und direkt auf die Terrasse, auf der Hannelore sitzt und ihre Sämereien für den Garten sortiert. Ihr zehnjähriger Torsten sitzt daneben und macht Schulaufgaben. Es geht auf fünf Uhr nachmittags.

„Breisacherin, du musst weg!",

beginnt Bernd ohne Umschweife. Torsten blickt erschreckt und verständnislos auf. Instinktiv spürt er, dass jetzt etwas Unerhörtes passiert. Davor hat er Angst.

„Der MAD hat Verdacht geschöpft, Beamte sind unterwegs, deine Dienststelle ist abgeriegelt und es ist nur eine Frage von ein paar Stunden, bis sie dich identifiziert haben und hier auftauchen!"

Bernd keucht jetzt, aber mehr vor Aufregung als körperlicher Anstrengung.

„Hör zu, es gibt einen Masterplan für solche Fälle. Alles ist bereits geregelt, die HV A holt dich . . . euch . . .

hier 'raus. Es gibt einen Weg über die Grenze – alles ist arrangiert, ich bring euch dahin. Packe ein paar Sachen, aber nur das Nötigste, hörst du?"

Hannelore hat vor Schreck die Samentütchen fallen lassen. Stocksteif und mit weit aufgerissenen Augen sitzt sie jetzt da und kann sich nicht rühren. Langsam kommt es aus ihr heraus:

„Was . . . was . . . ist denn passiert, um Herrgotts willen?"

„Keine Zeit für Erklärungen, wenn du nicht des Hochverrats angeklagt werden willst. Sie haben dich auf dem Kieker und in ein paar Stunden spätestens werden sie hier sein! . . . Fang jetzt endlich an zu packen! Ich bring euch nachher, wenn's dunkel wird, über die Grenze."

„Aber wohin . . . über welche Grenze?"

Hannelore ist noch immer nicht fähig, einen Finger zu rühren. Sie begreift einfach nicht die Tragweite des eben Gesagten. Woher auch? Darüber, dass ein solcher Fall eintreten kann, haben sie nie gesprochen. Sie kennt auch jenen Masterplan daher nicht und fühlt sich gerade wie geohrfeigt und anschließend mit Wasser übergossen.

„Hör mal, Hannelore, du weißt doch wohl, was du gemacht hast, oder? Du hast mir militärische Dokumente kopiert, die ich für dich an die Staatssicherheit der DDR geschickt habe. So was nennt man hierzulande Hochverrat. Dafür wird man zwar nicht mehr hingerichtet, aber man kommt für viele Jahre in den Knast. Und danach ist man gesellschaftlich erledigt. Willst du das?"

„Aber . . . aber . . . was wissen die denn?"

„Keine Ahnung, du bist enttarnt . . . aufgeflogen . . . mehr weiß ich nicht. Und wenn du nicht heute noch verschwindest, sind wir alle gefährdet . . . nimm jetzt deinen Jungen und geh Sachen packen. Gleich wird auch Roland nachhause kommen. Du musst es ihm sagen . . . nimm ihn mit . . . oder lass ihn hier. Deine Entscheidung. Aber besser, du nimmst ihn mit, er wird hier nach deiner Enttarnung eh' keinen Fuß mehr auf den Boden kriegen. Sag ihm, dass er in der DDR auch wieder bei der Feuerwehr arbeiten kann. Das lässt sich bestimmt einrichten, ich regle das . . . und jetzt geh ins Haus und packe, wir seh'n uns gegen Sechs, wenn ich euch abhole. Ich muss nur noch schnell unseren toten Briefkasten liquidieren und was erledigen, dann bin ich wieder hier."

Torsten ist vor Aufregung und Schreck ganz rot im Gesicht und die Ohren glühen. Seine quietschgelbe Frühstückstasse mit dem Donald-Duck-Aufkleber ist ihm auf den Terrassentisch geplumpst. Hannelore greift jetzt seine Hand und zieht ihn ins Haus. Und Bernd verschwindet so hastig, wie er gekommen ist.

Zehn Minuten später kommt Roland gut gelaunt nachhause. Das Gartentor steht halb offen, das wundert ihn ein wenig. Er schließt es hinter sich und geht ins Haus. In der Küche und im Wohnzimmer ist niemand. Die Terrassentür steht offen, aber im Garten sind seine Lieben auch nicht. In dem Moment hört er ein Poltern aus dem oberen Stockwerk. Er geht in den Flur und steigt die Treppe nach oben. Im Schlafzimmer findet er seine Frau Hannelore, die gerade den kompletten Kleiderschrank ausgeräumt hat.

„*Was machst du da?*"

„*Wir müssen weg, Roland!*",

keucht Hannelore.

„*Wie . . . weg? Willst du mit uns in den Urlaub fahren?*"

Roland hat sich zwar daran gewöhnt, dass seine Frau manchmal etwas impulsiv handelt und oft war es dann auch sehr schön und gut gewesen, dass er auf sie gehört hat, aber das ging ihm jetzt doch zu schnell.

„*Nein . . . du verstehst nicht . . .*"

Hannelore richtet sich jetzt auf und schaut Roland verzweifelt an.

„*Ich hab Mist gebaut . . . und jetzt haben sie mich auf dem Kieker, sie sind hinter mir her!*"

„*Wer ist hinter dir her?*"

„*Der Militärische Abschirmdienst.*"

„*Was sollten die dir vorwerfen?*"

„*Landesverrat, Hochverrat, Spionage . . . such es dir aus.*"

„*Dir?!*"

„*Ja . . . ich habe Dokumente kopiert und nach Ostberlin geschickt . . . Nur zur Wahrung des militärischen Gleichgewichts und des Status Quo, selbstverständlich.*"

Rolands Frau sackt jetzt zusammen.

„*Ich hab . . . für die Staatssicherheit der DDR gearbeitet.*"

So! Jetzt ist es 'raus. Rolands Knie werden weich. Er tastet hinter sich und zieht sich einen Stuhl heran.

Jetzt muss er sich erst mal setzen. Seine Frau? Eine Spionin? Oh Gott, was ist hier bloß passiert?

„Wie... wie konntest du nur?... Warum?"

„Ich hab's doch für euch gemacht! Ich hatte Angst vor dem nächsten großen Krieg... und wenn die Kräfte im Gleichgewicht sind, traut sich keiner, den anderen anzugreifen."

Hannelore versucht, sich mehr vor sich selbst zu rechtfertigen als vor ihm. Roland zieht die Augenbrauen nach oben und ist verblüfft.

„Und dafür hast du mit den Kommunisten zusammengearbeitet? Und deine Dienststelle ausspioniert?"

Roland ist tief erschüttert. Da kommt er ahnungslos nachhause und erfährt, dass seine Frau ein Stasi-Spitzel ist. Und schon ist das ganze Leben, dass sie sich aufgebaut haben, ein Trümmerhaufen. Roland begreift, dass diese Affäre auch ihn nicht verschonen wird. Und Torsten auch nicht. Der MAD und der BND... und auch die Polizei werden sie verhören, ewig lang. Und sie werden sagen, dass es doch nicht sein kann, dass der Ehemann davon nichts mitbekommen hat. Er muss davon gewusst haben. Was wäre er sonst für ein Ehemann? Sie sind erledigt – alle drei. Roland ertappt sich bei dem Gedanken, dass es ihm viel lieber gewesen wäre, seine Frau hätte ihm jetzt eine Affäre mit einem anderen Mann gebeichtet. Aber gleich so was? Was bedeutet das für ihn und für Torsten? Seinen Beruf als Feuerwehrchef kann er vergessen... mit einer Spionin als Frau? Selbst wenn Roland sich scheiden ließe, und er sich öffentlich distanzieren würde . . . Und in der Nachbarschaft – überhaupt in Kronach – sind sie jetzt erledigt. Sie werden überall gebrandmarkt sein. Egal, wo sie hingehen. Selbst wenn seine Hannelore nur mit ein paar Jahren Gefängnis davon kommen sollte. Es kann nie wieder so werden wie vorher. Die ganze Zukunft ein Scherbenhaufen. Roland erkennt, dass es kaum einen Weg hier heraus gibt.

„Was hast du jetzt vor . . . wo willst du hin?"

„Bernd kommt gegen Sechs und holt uns ab, um uns zur Grenze zu fahren, er hat da was organisiert."

„Bernd? Was hat der damit zu tun?"

„Bernd . . . hat mich angeworben . . . und die Dokumente verschickt."

„Bernd Iskariót ist bei der Stasi?! Bernd, der Wirt? Der aus der Ostzone abgehauen ist? Der? Ein Stasi-Spitzel?!"

Jetzt ist Roland platt. Das hätte er niemals für möglich gehalten. Aber am Ende ist es die perfekte Tarnung? Das ist ja unglaublich! Bernd . . . ein Stasi-Spitzel . . . Roland ringt um Fassung. Dann reißt er sich zusammen und versucht pragmatisch zu werden.

„Gut . . . dann haben wir wohl keine andere Wahl, oder?"

„Nein . . .",

sagt Hannelore kleinlaut. Roland steht auf.

„Den ganzen Klamotten-Schrott musst du hier lassen. Über die Ostgrenze haut man nicht mit dem Möbelwagen ab. Auch nicht in die Richtung. Jeder packt nur seinen kleinen Wanderrucksack voll. Wichtig sind vor allem die

Dokumente! Das wird heute ein schwieriges Unterfangen, ich glaube nicht, dass sie uns extra das Tor aufmachen. Wir werden sicher viel durch den Wald kriechen müssen und durch die Zäune . . . und wir werden schnell sein müssen. Also wetterfeste Kleidung, die Wanderschuhe und höchstens einmal Wechselsachen. Ich sag Torsten, dass wir auf eine Abenteuerreise gehen und helfe ihm, seine Sachen zu packen. Los jetzt, beeil Dich, damit wir fertig sind, wenn . . . Bernd, der Stasi-Mann . . . kommt."

Roland versucht bei den letzten Worten spöttisch zu lächeln, aber es will ihm nicht recht gelingen, zu ernst ist die Situation.

Punkt sechs Uhr steht Bernd mit seinem Opel Record vor dem Gartentor der Breisachers. Pünktlichkeit ist sonst nicht seine Stärke, glaubt er, aber heute ist es immens wichtig, sich an den Plan zu halten. Und, je schneller sie hier weg kämen, umso sicherer für alle. Er drückt nur einmal ganz kurz auf die Hupe. Roland, Hannelore und Torsten kommen aus dem Haus geeilt. Roland dreht sich noch einmal um, geht zurück und schließt die Haustüre ab. Dann springen die Drei rasch ins Auto. Bernd gibt Gas. Sie fahren auf dem kürzesten Weg aus Kronach heraus Richtung Wolfsberg. Niemand traut sich ein Wort zu sprechen. Bedrückende Stille, nur der Motor heult.

Hinterm Wolfsberg biegt Bernd nach rechts. Roland bricht endlich das Schweigen.

„Hier geht's doch nach Kaltenbrunn, oder?"
„Ja."

Bernd hat wirklich keine Lust auf Konversation. Ihm ist mulmig zumute. Er steuert den Opel in einem Affentempo durch Kaltenbrunn und fährt dahinter in einen kleinen Waldweg ein. Jetzt ist es ganz dunkel draußen. Nach ein paar Minuten erreichen sie eine kleine Waldsiedlung.

„Das ist Bächlein – der Ort heißt Bächlein, richtig?"
„Ja",

brummt Bernd. Roland muss jetzt irgendwas reden.

„Ich kenne den Ort, hierher hab ich während meiner Militärzeit immer so einen Inkognito-General gefahren."
„Den, mit den vielen Beeren und Pilzen?"

Bernd grinst. Aber Roland kann das vom Fond aus nicht sehen.

„Ja, kennst du den etwa auch?"
„Und ob wir den kennen . . ."
„Wir? Wer wir? . . . Warte mal . . . willst du etwa sagen . . . der auch? Stasi?"

Roland hat jetzt vor Staunen die Augen weit aufgerissen.

„Nein, Gegenseite . . . der hat sich da oben immer mit einem Informanten getroffen, der es irgendwie über die Grenze geschafft hat. Hat lange gedauert, bis wir dem auf die Schliche gekommen sind. Aber irgendwann haben wir den Revierförster dran gekriegt. Und heute werden wir seine Methode für uns nutzen."

Was redet Bernd da? Hat er jetzt tatsächlich „Wir" gesagt? Er hat den Duktus von Volkers übernommen, hat ihn imitiert. Zu wem wird Bernd hier gerade? Bisher hat er sich doch immer so schön innerlich distanzieren können. Aber jetzt? Bernd begreift, dass er endgültig mittendrin ist. Er ist Teil der Maschine. Vermutlich ist er das schon lange – er hat sich nur selber vorgemacht, er wäre es nicht.

Hinter Bächlein geht es in einen dunklen und engen Waldweg. Bernd scheint hier jeden Baum und Strauch zu kennen. Mit traumwandlerischer Sicherheit steuert er den Wagen um die Kurven, ohne auch nur ein Blatt zu berühren. Dann stoppt er abrupt.

„Von hier an sind es noch etwa hundert Meter bis zum alten Schlagbaum. Wir müssen jetzt laufen",

raunt Bernd. Sie steigen so leise es geht aus dem Auto und machen sich vorsichtig auf den Weg. Man sieht fast nichts, aber der Waldweg ist doch nicht so zugewachsen, wie Roland vermutet hätte. Durch den Hochwald sieht man da vorn schon die beleuchtete Grenze. Am Schlagbaum angekommen hocken sie sich in ein Gebüsch und warten. Die Minuten schleichen dahin. Es wird langsam empfindlich kühl, Torsten friert schon. Nach einer halben Stunde Warten hören sie plötzlich kurz hintereinander zwei Explosionen, eine geschätzt einige hundert Meter links, die andere vielleicht einen knappen Kilometer rechts. Die drei Breisachers zucken zusammen.

„Was war das?",

zischt Roland erschrocken.

„Das waren zwei Wildschweine, die in die Minen gelaufen sind. Kommt öfter vor, als man denkt."

Bernd grinst, im Dunkel bleibt das aber unsichtbar für die anderen. In Wahrheit ist es das Ablenkungsmanöver, das jetzt startet. Die Eber waren von Helfern dahin gebracht worden und die Minen wurden von der Ferne ausgelöst. Nur eine Minute später brausen ein Kübelwagen und eine Motorradpatrouille auf dem Kolonnenweg vorbei. Dann ein Lichtsignal von der anderen Seite. Bernd sagt leise:

„Es geht los, folgt mir – und tut genau, was ich euch sage, hört ihr?"

Bernd läuft gebückt zum Streckmetallzaun und holt einen Bolzenschneider aus dem Rucksack. Er beginnt den Draht aufzuschneiden und flüstert:

„Wir haben Glück, dass hier auf dem Abschnitt noch keine SM70 verbaut sind. Sonst wären wir jetzt schon tot."

„Was ist eine SM70?"

Torsten und seine Mutter Hannelore haben das fast gleichzeitig gefragt. Bernd raunt:

„Eine SM70 ist eine Splittermine, die durch Bewegung am Zaun ausgelöst wird. Sie verschießt ungefähr hundert Stahlkugeln durch einen Trichter in die Richtung, aus der die Bewegung kommt. Absolut tödlich! Eine sogenannte Selbstschussanlage."

„Warum sind gerade hier keine verbaut?", fragt Roland.

„Keine Ahnung, vielleicht gibt's einen Material-Engpass, soll ja öfter vorkommen in der DDR. Die Dinger werden, wie du gesehen hast, häufig von Wildtieren ausgelöst. Möglicherweise kommen sie da mit der Produktion nicht hinterher. Vielleicht haben da aber auch die

Genossen vom MfS dran gedreht, um sich diesen Kanal sozusagen offen zu halten . . ."

Bernd hat jetzt ein genügend großes Loch in den Zaun geschnitten, so dass alle hindurchkriechen können. Er geht zuerst. Dann reicht er Hannelore die Hand. Bernd bedeutet ihr, dass sie sich gleich hinhocken soll und auf die Anderen warten. Der nächste ist Torsten. Vorsichtig schiebt er den linken Fuß und das Bein durch das Loch. Dann geht er in die Knie und schiebt seinen Oberkörper nach. Als er durch ist, zieht er vorsichtig das rechte Bein nach. Mit dem Aufschlag seiner Jeanshose bleibt er am Zaun hängen und gerät etwas ins Straucheln. Dann zieht er das Bein mit einem Ruck nach und taumelt dabei etwas zur Seite. Als er mit dem rechten Bein auftritt, knackt etwas vernehmlich.

„Nicht bewegen!",

rufen Bernd und Roland, so gedämpft es die Aufregung zulässt, fast gleichzeitig. Torsten steht starr vor Schreck. Roland schiebt sich jetzt schnell, mit der Gewandtheit eines erfahrenen Feuerwehrmannes, durch die Öffnung im Zaun und nähert sich vorsichtig Torstens Fuß.

„Verdammte Axt, dass muss noch eine alte PMN-Landmine oder vielleicht eine ganz alte Holzkasten-Mine sein. Die haben die hier zuerst verbaut."

Bernd ist jetzt sehr aufgeregt und wütend, weil sein Plan gerade eine empfindliche Störung erlebt. Roland spricht jetzt leise, aber eindringlich zu Torsten:

„Bleib ganz ruhig stehen. Nicht bewegen!"

Roland stellt sich neben Torsten und schiebt ganz langsam, Millimeter für Millimeter, mit seinem eigenen Fuß Torstens Bein von der mutmaßlichen Mine. Als Torsten frei ist, läuft er zu seiner Mutter und hockt sich angstvoll neben sie.

„Was machst du da?!",

zischt Bernd erstaunt und erschreckt.

„Das Ding hätte hochgehen und uns alle mitreißen können!"

„Die Mine hat wahrscheinlich einen Entlastungszünder, das heißt, solange ich drauf stehen bleibe, kann nichts passieren."

Roland hört sich zuversichtlich an, ist es aber keineswegs.

„So'n Quatsch . . . Entlastungszünder . . . Warum sollte man hier so was verbauen?"

Bernd kriecht jetzt ganz vorsichtig zu Roland und wischt ein wenig die Erde über dem Sprengsatz weg.

„Das ist eine alte Holzkastenmine aus dem zweiten Weltkrieg. Wir haben wahrscheinlich nur Glück, dass der Zünder mittlerweile halb verrottet ist und klemmt. Wenn du dich also nicht bewegst, könntest du dich von den Grenzern gefangen nehmen lassen und so mit dem Leben davon kommen. Die Grenzer haben gut ausgebildete Minenräumexperten, die sollten dir das Ding unterm Fuß entschärfen können."

„Dann machen wir das so. Bringt ihr euch in Sicherheit, beeilt euch! Es wird nicht lange dauern, dann kommen die Grenzer hier wieder vorbei."

Roland klingt jetzt etwas unsicherer und gehetzt. Bernd kriecht rückwärts und springt dann auf, nimmt Hannelore an die eine Hand, mit der anderen greift er Torstens Arm. Er zieht sie beide durch den Fahrzeugsperrgraben, über den Spurensicherungsstreifen, den Kolonnenweg, hin zum zweiten Grenzzaun, der, wie er weiß, mit Bewegungsmeldern ausgestattet ist. Da ist ein Tor, das steht angelehnt! Wahrscheinlich haben die Leute vom MfS dieses Tor für sie geöffnet, ohne den Alarm auszulösen. Sie stürmen hindurch und werden von einem Zivilbeamten in Empfang genommen. Bernd erklärt ihm kurz, was auf der anderen Seite des Todesstreifens passiert ist. Torsten sieht nur, wie der Andere heftig den Kopf schüttelt und leise aber eindringlich etwas zu Bernd sagt, was er aber nicht verstehen kann. Jetzt schaut Bernd sehr erschreckt. Dann rafft er sich auf, geht zum Kofferraum des Moskwitsch und holt einen Karabiner mit Zielfernrohr heraus. Torsten und Hannelore stehen starr vor Schreck, als Bernd den Karabiner durchlädt und auf Roland anlegt, indem er den Wagen als Ellbogenstütze benutzt.

„Ich befreie dich von der Entscheidung, mein Freund, mach's gut."

Er drückt ab. Roland taumelt, im selben Augenblick explodiert der alte Sprengsatz und zerreißt den Familienvater in tausend Stücke. Torsten steht leichenblass und mit weit aufgerissenen Augen da. Hannelore hat beim Schuss hysterisch aufgeschrien und hockt zitternd, dem Nervenzusammenbruch nahe, neben dem Auto. Wenige Sekunden nach der Explosion geht das Flutlicht im Todesstreifen an. Jetzt geht alles sehr schnell. Der MfS-Mitarbeiter stopft Hannelore und Torsten in den Moskwitsch, Bernd wirft den Karabiner wieder in den Kofferraum und rennt zum Grenzzaun. Das Auto mit den beiden Flüchtlingen braust davon und Bernd springt durch das Tor und hetzt über den Todesstreifen. Eine MPi-Salve schlägt kurz hinter ihm ein. Von der rechten Seite nähert sich mit Vollgas eine Patrouille mit Motorrad. Bernd ist gerade noch rechtzeitig durch die Zaunöffnung gekrochen, als eine zweite MPi-Garbe ihn nur um wenige Zentimeter verfehlt. Er verschwindet im Unterholz und hört nur noch die vergeblichen „Halt! – Stehenbleiben!"-Rufe. Er fühlt sich in Sicherheit, auf westdeutsches Territorium würden sie nicht schießen. Atemlos erreicht Bernd seinen alten Opel, springt hinein und gibt Vollgas. Er ist in Schweiß gebadet und flucht vor sich hin. Mit quietschenden Reifen kommt er in Kronach vor seinem Gasthof zum Stehen und hastet hinein an seinen Tresen. Mit einem Griff hat er die fast volle Flasche mit dem Selbstgebrannten in der Hand. Er wird sie heute wohl vollständig leeren.

Gesine hört ein Poltern im Gastraum und steigt verwundert aus dem Dachgeschoss herab. Der Gasthof ist doch heute geschlossen? Zumindest war Bernd nicht dagewesen und das „Geschlossen"-Schild hing draußen. Das kam in letzter Zeit ziemlich häufig vor. Sollte sie sich Gedanken machen? Im Gastraum brennt Licht, aber sie sieht niemand. Als Gesine hinter den Tresen geht, um das Licht wieder auszuschalten, bemerkt sie Bernd in einer Ecke sitzend, sturzbetrunken, noch die geleerte Flasche vom Selbstgebrannten in der Hand.

„Was machst du da . . . was ist passiert? Du bist ja voll, wie eine Haubitze!"

Bernd erwacht aus seiner Apathie und schaut mit wässrigen Augen auf.

„Ich habe den Breisacher erschossen . . ."

„Was?! . . . Du spinnst! . . . Bernd, das ist nicht lustig!"

*„Gesine! Ich habe **den Breisacher erschossen!**",*
lallt Bernd, um Verständlichkeit bemüht.

„Und dann ist er explodiert . . . in tausend Fetzen . . ."

Bernd fängt an zu weinen wie ein kleines Kind und zieht die Knie ans Kinn. Gesine steht noch mit gerunzelter Stirn da und begreift kein Wort.

„Was erzählst du da? . . . Wie soll denn das passiert sein?"

„Die . . . die Breisacherin ist aufgeflogen . . . Ich musste sie und Roland und Torsten über die Grenze bringen. Durch den Todesstreifen. Aber da ist was schiefgegangen . . . und der Breisacher hat auf 'ner alten Mine gestanden . . . und dann habe ich ihn erschießen müssen, weil es für ihn sowieso keine Rettung gab . . . und dann ist die Mine explodiert . . ."

Ganz langsam wird Gesine bewusst, was Bernd erzählt. Ihre Knie werden weich und sie sackt auf den Boden vor ihm. Sie hatte ja schon lange geahnt, was

Bernd so nebenher trieb, ja sie war eingeweiht, wer diese geheimnisvollen Finanziers waren, die ihnen den Traum vom eigenen Gasthof ermöglichten. Sie war damals sogar irgendwie einverstanden gewesen – oder hatte es akzeptiert und viel genauer wollte sie es auch gar nicht wissen. Aber, dass so etwas passiert, hat sie nicht für möglich gehalten. Oder ehrlicher gesagt, sie hat es immer erfolgreich verdrängt.

Jetzt steigt die Angst, dass alles in einem großen Scherbenhaufen enden würde, aus ihrem Magen auf und manifestiert sich als dicker Kloß, der ihr die Kehle zuschnürt.

Gesine schlägt mit der Faust auf Bernds Brust ein und fragt mit tränenerstickter Stimme:

„Warum ... warum ... warum hast du uns das angetan? ... Ich wollte doch nur unser kleines Reich ... eine Familie ... eine kleine Existenz ... unsern kleinen Gasthof ... und du machst alles kaputt!"

Gesine lässt sich jetzt zur Seite fallen und zieht die Beine an. Wie ein Kleinkind liegt sie da und weint hemmungslos. Alles scheint zerbrochen. Was wird jetzt aus ihnen? Wenn das ans Tageslicht kommt, wird Bernd dann verurteilt? Und was werden die Nachbarn sagen? Und die Gäste – werden sie den Gasthof künftig meiden? Und Sascha, was wird der auszustehen haben in der Schule? Natürlich wird es sich schnell herumsprechen, dass die Familie Breisacher fehlt. Torsten war ja auch Saschas Klassenkamerad. Und Hannelore Gesines Freundin. Bei dem Gedanken richtet sich Gesine abrupt auf.

„Was ist mit Hannelore und Torsten? Sind die drüben?"

Bernd schaut mit trübem Blick in ihre verweinten Augen.

„Ja, die haben es geschafft... Aber wo man sie hingebracht hat, weiß ich auch nicht."

„Wieso nicht?!! Das musst du doch wissen!!"

Bernd zieht ein wenig die Schultern nach oben, dann lässt er sie wieder resigniert herabfallen.

Unzählige Gedanken schießen durch Gesines Kopf. Wenigstens sind sie am Leben. Aber wahrscheinlich für immer weg – im anderen Teil der Welt. Wo mögen sie jetzt sein? Und was wird mit Roland? Wird man wissen, wie er zu Tode kam? Und wird man Bernd dafür verantwortlich machen? Wird man herausfinden, dass Bernd für die Staatssicherheit der DDR arbeitet? Das darf nicht rauskommen! Aber, wenn doch? Und wenn ihre Eltern davon erfahren? Was hat das für Auswirkungen auf ihren Vater und seinen Dienst im bayrischen Innenministerium? Und ihre Mutter? Sie hört sie schon wehklagen, dass sie es ja schon immer gewusst hätte. Gesine sieht förmlich die vorwurfsvollen Augen ihrer Mutter vor sich. Und die Verwandtschaft? Gesine hat Angst, große Angst. Und sie ist wütend. Wütend auf Bernd, der sich auf so eine windige Sache eingelassen hat, ohne wahrscheinlich auch nur einen Moment an sie, Sascha oder den Gasthof und ihre kleine Existenz gedacht zu haben.

Nach einer halben Stunde fasst Gesine einen Entschluss. Sie steht auf, sagt dünnlippig:

„Das ist also das Ende...",

und sie verlässt ohne ein weiteres Wort mit steinerner Mine den Gastraum und geht nach oben. Bernd ist nicht fähig sich zu rühren. Apathisch und voll Selbstmitleid akzeptiert er, dass seine Frau jetzt tut, was sie glaubt, tun zu müssen. Und er bricht wieder in Tränen aus.

Gesine ist leise in ihr Schlafzimmer gegangen und packt jetzt einen Koffer. Sascha schläft hoffentlich schon nebenan. Und wenn nicht, kann sie es jetzt auch nicht mehr ändern. Aber es ist still. Viel ist es ja nicht, was sie hat. Ihr ganzer Besitz steckt mehr oder weniger in diesem Gasthof. Und das wird sie jetzt aufgeben. Sie holt noch ihren Pass, greift nach dem Umschlag unter der Matratze, in dem sie sich über die Jahre einen Notgroschen zusammen gespart hat, nimmt ihren Koffer und verlässt den Gasthof. Gesine steigt in ihren Citroen 2CV, startet den Motor und fährt davon. Sie will diesen Ort nie wieder sehen.

Bernd erwacht verkatert am nächsten Morgen hinter seinem Tresen, wo er sich am Abend zuvor, selbstgerecht über sein Schicksal klagend, im Alkoholrausch in den Schlaf geweint hat. Es ist sechs Uhr. Sascha wird bald in die Schule gehen müssen, denkt er. Bernd steigt die steile Treppe nach oben und ihm wird klar, dass er seinem Sohn jetzt irgendetwas erzählen muss. Aber was? Er kann ihm doch nicht die ganze Geschichte auftischen? Sascha ist erst zehn! Bernd grübelt. Oben angekommen entscheidet er, sich von einer

Lebenslüge in die nächste zu stürzen. Irgendwann, wenn etwas Gras über die Sache gewachsen ist, wird er seinem Sohn die Wahrheit erzählen müssen. Irgendwann – aber nicht heute.

14.
Dresden, Frühjahr 1980

Als Torsten erwacht scheint alles um ihn herum weiß zu sein. Ganz langsam erkennt er in der blendenden Helle Umrisse, die sich allmählich zu Einrichtungsgegenständen in diesem Zimmer formen. Wo ist er? Was ist passiert? Wer ist er? Wieso fragt er sich das? Wer ist er? Schon wieder! Torsten wird allmählich klar, dass er nicht selbst diese Fragen stellt, sondern das Gesicht, dass sich gerade über ihn gebeugt hat und ihm mit einer Taschenlampe in die Pupille leuchtet.

„Wie ist dein Name, Junge? ... Weißt du, wo du bist? ... Was ist mit dir passiert? ... Kannst du dich erinnern – an irgendwas?"

Torsten versucht sich jetzt ein wenig aufzurichten, was ihm noch nicht gelingt.

„Wo bin ich?",

fragt er blinzelnd in das gleißende Licht hinein.

„Du bist in einem Krankenhaus. Auf der Unfallstation. Dich und deine Mutter hat jemand hierher gebracht ... ist aber gleich wieder verschwunden. Weißt du, was passiert ist?"

Das Gesicht, das ihn anblickt, trägt eine dicke Hornbrille. Die Augen dahinter scheinen unnatürlich groß. Zwischen der Nase und dem Mund, der ihm all die Fragen stellt, thront ein breiter Schnauzbart, der die Mundwinkel umrahmt und fast bis zur Kinnleiste herunterreicht.

„Ich bin übrigens Oberarzt Doktor Schiwack. Und das neben mir ist Schwester Dorothea. Wann immer du etwas brauchst, kannst du dich vertrauensvoll an sie wenden."

Der Mund unter dem Schnauzbart lächelt jetzt.

„Das ist wohl im Moment noch ein wenig viel für dich. Komm erst mal zu dir – ich schaue in einer Stunde nochmal herein. Wenn du was willst: hier rechts von dir hängt der Klingelknopf. Schwester Dorothea kommt dann sofort zu dir, gut?"

Eine große Hand streicht ihm über die Wange, dann verstrubbelt sie leicht sein Haar und entfernt sich. Torsten kommt langsam zu Bewusstsein. Was ist passiert? Er versucht, sich zu erinnern . . . Nichts! Er probiert es nochmal, langsam rückwärts denkend . . . großes schwarzes Loch. Er versucht es anders herum, sucht einen Punkt, an den er sich erinnern kann. Nichts. Was ist mit Gesichtern? Kann er sich irgendjemanden ins Gedächtnis rufen? Nichts. Großes schwarzes Loch. Er strengt sich eine halbe Stunde an, irgendetwas in seinem Kopf zu finden, was er kennt, dann schläft er vor Erschöpfung ein.

Als Torsten wieder aufwacht, steht Doktor Schiwack an seinem Bett. Neben ihm ein anderer Mann im weißen Kittel. Der stellt sich als Doktor Hesske vor. Beide beugen sich stirnrunzelnd über ihn, dann sprechen sie leise miteinander. Doktor Schiwack wendet sich danach wieder Torsten zu.

"So, mein Lieber, jetzt erzähl uns doch mal, was passiert ist!"

"Ich weiß nicht...?"

"Kannst du dich an nichts entsinnen?"

"Nein... nichts."

"Gut. Fangen wir mal vorne an. Wie heißt du?"

Gute Frage! Torsten überlegt. Er muss doch einen Namen haben? Nichts. Er schaut den Oberarzt fragend an:

"Ich... weiß nicht...?"

"Wie heißt dein Vater... oder deine Mutter?"

Torsten schließt die Augen und überlegt. Nichts – keine Bilder, keine Namen. Er macht die Augen wieder auf und blickt betrübt in die fragenden Augen der Oberarztes.

"Wo kommst du her, ich meine wo wohnst du?"

"Ich weiß es nicht... Deutschland?"

"Nun, wir sagen hier DDR dazu."

Doktor Schiwack schmunzelt jetzt etwas.

"Aber das ist ja schon mal ein Anfang."

Große dicke Tränen rollen jetzt über Torstens Gesicht. Er ist todunglücklich, dass er sich an nichts erinnern kann - nicht mal an seine Eltern! Schwester Dorothea streicht ihm übers Haar, während sich Doktor Schiwack an Doktor Hesske wendet.

"Also, Herr Kollege, rein organisch ist der Junge kerngesund. Außer ein paar unbedeutenden kleinen

Schürfwunden kann ich auch keinerlei Anzeichen einer – sagen wir – Gewalteinwirkung feststellen. Das Ganze muss also psychischer oder neurologischer Natur sein und fällt damit in ihr Ressort."

Doktor Hesske antwortet nachdenklich:

„Das habe ich in der Form noch nicht gesehen. Es könnte, kein neurologischer Schaden vorausgesetzt, möglicherweise einer der seltenen Fälle von dissoziativer Amnesie sein. Das kenne ich nur aus der Literatur. Es ist sozusagen eine psychische Schutzfunktion infolge eines Schocks oder Traumas, auch als retrograde Amnesie bezeichnet, die vom Bewusstsein benutzt wird, um ein schlimmes Erlebnis zu verdrängen."

„So, wie bei dieser Frau, die mit ihm kam und die augenscheinlich seine Mutter ist?"

„Die ist wach, aber sie spricht kein Wort. Schaut stur geradeaus und reagiert nicht auf Fragen. Sie ist neurologisch ohne Befund. Da haben wir noch gar keinen Ansatzpunkt."

Jetzt schaut Doktor Schiwack nachdenklich auf Torsten:

„Was haben die Beiden bloß erlebt? . . . Gut, ich mache die Papiere fertig und überstelle Ihnen den Jungen dann in die neurologische Abteilung."

Doktor Hesske fragt:

„Ist denn sein prozedurales Gedächtnis in Ordnung? Sie wissen schon: Zähneputzen, Aufstehen, Anziehen, Waschen . . . so etwas?"

Der Oberarzt zuckt mit den Schultern:

„Das kann ich Ihnen nicht sagen, er ist ja gerade erst aufgewacht, hat fast drei Tage geschlafen. Aber er spricht immerhin."

„Na, das ist ja schon etwas!",

sagt Doktor Hesske lächelnd in Richtung Krankenbett.

„Ich kümmere mich solange um den Transport in das Haus F."

Zwei Monate lang fließen die Tage zäh dahin in der neurologischen Abteilung des Bezirkskrankenhauses. Torsten stiert, auf seinem Bett liegend, an die Decke. Aber er hat es selbst eigentlich aufgegeben, sich zu erinnern. Dumpf und widerwillig erträgt er die täglichen Gesprächstherapien und Untersuchungen. Die Ärzte versuchen in ihn einzudringen – allein sein Gedächtnis scheint verschüttet. Torsten glaubt mittlerweile, dass es vielleicht sogar besser so ist.

Gestern hat man ihm eine Frau im Rollstuhl vorgestellt, die angeblich seine Mutter ist. Er konnte sich nicht entsinnen, diese Frau jemals gesehen zu haben. Sie hat nur dumpf und teilnahmslos dagesessen und mit gläsernem Blick vor sich hin gestarrt. Auch sie hat ihn nicht erkannt. Wahrscheinlich nahm sie nicht wirklich wahr, was um sie herum passierte. Wie kann das seine Mutter sein? Sie müsste sich doch an ihn erinnern? Die Tür geht auf und Doktor Hesske kommt herein. Zielsicher geht er auf Torsten zu und fragt:

„Nun, mein Freund, gibt's was Neues?"

„Nein ... nichts",

antwortet Torsten uninteressiert und fast apathisch.

„Aber ich hab was Neues!"

Doktor Hesske sieht ihn stirnrunzelnd an und wartet auf eine Reaktion. Torsten schweigt.

„Da kam heut' jemand und hat deine Verlegungspapiere gebracht. Du sollst nach Arnsdorf in eine Spezialklinik gebracht werden. Dort wird man sicher bessere Möglichkeiten haben, deinem Gedächtnis auf die Sprünge zu helfen. Hoffe ich zumindest . . . wenigstens kennen wir jetzt deinen Namen. Der steht nämlich da drauf."

Torsten setzt sich jetzt auf und schaut Doktor Hesske erwartungsvoll an.

„Dein Name ist Torsten Müller . . . klingelt da was?"

Torsten Müller . . . nein da klingelt nichts. Hmmm. Doch halt! Ein kurzes Bild von einem Feuerwehrmann taucht auf – aber gleich ist es wieder weg. Dann nichts. Leere. Torsten Müller . . . den Namen muss er sich einprägen. Es ist ja augenscheinlich seiner.

„Torsten Müller . . . Torsten . . . Müller . . .",

murmelt er immer wieder vor sich hin. Aber es kommt keine Erinnerung hoch – das scheint irgendwie nicht zu passen..

„Nein . . . da klingelt nichts."

Doktor Hesske ist enttäuscht. Er hatte gehofft, wenigstens einen kleinen Fortschritt zu erreichen. Vergebens.

„Na jedenfalls wirst du morgen abgeholt und in die Klinik nach Arnsdorf gebracht . . . Seltsam . . . ich habe keine Ahnung, wer das veranlasst hat – ich jedenfalls

nicht . . . aber es wird schon alles seinen sozialistischen Gang gehen."

Nun lächelt der Neurologe etwas, ist dabei aber nicht wirklich überzeugend. Na prima, denkt Torsten, wieder woanders hin. Neue Leute, neue Umgebung – und das jetzt, wo er sich gerade etwas an sein Hiersein gewöhnt hat. Aber ihm ist schon alles egal. Das größte Unglück ist sein fehlendes Gedächtnis – vielleicht kommt das ja dort, in der Spezialklinik, wieder. Torsten versucht, sich selbst ein wenig Mut zu machen.

Am nächsten Morgen packt die Oberschwester seine wenigen Sachen zusammen und führt Torsten in einen Wartebereich. Wenig später kommt Doktor Hesske mit einem älteren Herrn im braunen Anzug, einer Hornbrille auf der Nase und streng zurückgekämmtem grauen Haar, den Gang entlang. Sie sprechen leise, aber doch für Torsten hörbar, miteinander.

„Da sitzt der Junge, Herr . . . äh . . . Volkers."

Doktor Hesske zeigt in Torstens Richtung.

„Ach ja . . . was glauben Sie, wie lange diese . . . Amnesie anhalten wird?

„Nun – das kann man schlecht voraussagen. So etwas kann Stunden, Tage, aber auch Wochen oder Monate dauern. Je länger allerdings dieser Zustand andauert, um so größer wird die Wahrscheinlichkeit, dass er die Erinnerung für immer verliert . . . aber das kenne ich wirklich nur aus der medizinischen Literatur und es ist sehr, sehr selten . . . aber immerhin möglich. Die Kollegen in

Arnsdorf können Ihnen da bestimmt genauere Prognosen geben, hoffe ich."

Der Herr im braunen Anzug strafft sich und wendet sich an Torsten:

„Gut, Torsten, dann woll'n wir mal. Wir machen einen kleinen Ausflug nach Arnsdorf. Dort kann dir sicher geholfen werden."

Der Herr mit der Hornbrille und dem zurückgekämmten grauen Haar versucht nett zu wirken, aber der Junge kann ihn nicht leiden, das merkt er sofort. Er nimmt Torstens Rucksack und bedeutet ihm, dass sie jetzt gehen müssen. Torsten folgt ihm widerwillig.

Seit einem halben Jahr ist Torsten jetzt in Arnsdorf in der Psychiatrie. Anfangs waren die Ärzte noch sehr bemüht. Verschiedenste Therapien haben sie versucht, sogar Hypnose. Aber nichts hat funktioniert. Immer wachte er schweißgebadet aus den Regressionssitzungen auf. Die Ärzte haben jedes Mal an einem bestimmten Punkt abbrechen müssen. Torsten wollte sich einfach nicht erinnern. An sein Zimmer hat er sich gewöhnt. Auch an die Abläufe. Es ist eine Art Normalität eingekehrt. Er darf sogar im Gemeinschaftsraum fernsehen. Mit Staunen hat er die Welt da draußen wahrgenommen und für das kommende Leben gelernt.

Jetzt, wo es auf Weihnachten zugeht, hat der Eifer der Ärzte merklich nachgelassen. Wahrscheinlich haben sie ein Einsehen, dass sie bei ihm in ihrer Kunst wohl beschränkt sein werden.

Torsten liegt auf seinem Bett und hat die Augen geschlossen. In den letzten Wochen hat er ein paar Mal diese Frau gesehen, die seine Mutter sein soll. Aber irgendwie hat er kein Gefühl für diese apathische Person entwickeln können. Da ist gar nichts in ihm. Wie soll er auch eine Beziehung zu einem Menschen knüpfen, der höchstwahrscheinlich von seiner Umgebung gar nichts aufnimmt? Es ist nicht so, dass er es nicht probiert hätte. Ermuntert von den Pflegern hat er sich zu ihr gesetzt und ihre Hand gehalten. Sie hat auch ein wenig gezuckt und dann seine Hand vorsichtig gedrückt. Aber das war auch schon alles. Es wollte sich kein Gefühl für sie einstellen.

Es ist Sonntag, dritter Advent 1980. Die Pfleger haben einen Weihnachtsbaum im Gemeinschaftszimmer aufgestellt und ihn mit Kugeln und komischen silbernen Fäden geschmückt. Torsten ahnt, dass dieses bevorstehende Fest etwas Besonderes in jedem Jahr ist. Aus dem Fernsehen weiß er auch, dass sich immer irgendjemand einen roten Mantel umhängt und einen komischen Bart ins Gesicht klebt. Dann geht derjenige herum und verteilt Geschenke an die Kinder. Aber Torsten kann sich nicht erinnern, dass ihm selbst sowas je schon mal widerfahren ist. Alles das ist völlig neu für ihn. Als ob er, von einem völlig anderen Planeten kommend, hier abgeworfen worden war, und man vergessen hatte, ihm eine Erinnerung mitzugeben. Aber es ist auch auf eine seltsame Art interessant, diese neue Welt zu entdecken. Torsten hat Zugang zu einer kleinen Bibliothek bekommen und er liest,

Bücher über Bücher. Er verschlingt sie regelrecht, diese neue Welt. Ein gewisser Optimismus hat die Apathie verdrängt. Torsten greift zu einem Buch, dass, mit einem Lesezeichen versehen, auf seinem Nachttisch liegt, als ein Tumult vor der Tür entsteht. Pfleger rufen laut, die Schwester schrillt dazwischen, aber Torsten kann nicht verstehen, was sie sagen. Nach einer halben Minute steht er auf, um nachzusehen, was da los ist. Als er den Kopf zur Tür durchsteckt, sieht er, wie Pfleger hektisch bemüht sind, die anderen Patienten in ihre Zimmer zu schicken.

„Hier gibt's nüscht zu sehen! Geht wieder in eure Zimmer, verdammt!",

ruft ein Pfleger. Torsten wird auf einmal die Tür aus der Hand gerissen und die Oberschwester steht vor ihm. Erschrocken und mit großen Augen blafft sie Torsten an:

„Geh' wieder 'rein und bleib' drinn' . . . und steh' uns hier nisch im Wege 'rum!"

Sie schiebt ihn wieder ins Zimmer und schließt sehr betont die Tür. Torsten geht zum Fenster. Jetzt ertönt auch Sirenengeheul. Es klingt, als wollte es ihn an irgendetwas erinnern – seltsam. Er weiß aber beim besten Willen nicht, woran. Ein Krankenwagen fährt unter seinem Fenster mit Blaulicht vorbei und biegt ums Gebäude-Eck. Dort ist der Haupteingang. Was wird nur passiert sein? Wahrscheinlich ist wieder einer der „Irren", wie die Oberschwester sie nennt, ausgebüchst oder hat einen Feuerlöscher als Schaumkanone benutzt. So etwas hat Torsten hier drinnen schon zweimal erlebt. Seine Mitpatienten sind aber auch wirklich komische Leute! Dann wird es allmählich still.

Etwa eine Stunde später kommt der Stationsarzt mit der Oberschwester und einem Pfleger im Gefolge herein, und alle drei haben sehr bedrückte Gesichter. Die Schwester setzt sich neben ihm auf's Bett, nimmt seine Hand und der Stationsarzt beginnt:

„Mein lieber Torsten . . .",

so hat er ihn noch nie angesprochen!

„. . . es ist etwas Schreckliches mit deiner Mutter passiert. Sie hat sich . . . sie ist aus dem Fenster gestürzt . . . oder ist vielmehr gefallen . . . sie hat es leider nicht überlebt."

Die Oberschwester hält Torstens Hand jetzt ganz fest, so als fürchtet sie, dass Torsten hinterher springen könnte. Aber Torsten sieht sie nur ausdruckslos an. Er fühlt nichts. Natürlich ist es traurig, wenn ein Mensch stirbt, aber wer war diese Frau schon für ihn? Dass sie seine Mutter ist, haben ihm nur alle immer eingeredet. Er hat nie etwas empfunden für sie. Es ist eine Fremde, die sich da heute umgebracht hat. Torsten sagt, mehr mit gespielter Traurigkeit:

„Und . . . jetzt?"

„Nun . . . damit bist du nun augenscheinlich Vollwaise. Und da wir dir hier nicht wirklich mehr weiterhelfen können, wirst du bestimmt bald in ein Kinderheim kommen. Du wirst sehen, das wird viel schöner als hier . . . Du wirst mit anderen Kindern zusammen sein . . . klingt das nicht gut?"

Der Stationsarzt hat gleich gemerkt, dass Torsten auf den Tod seiner Mutter nicht reagiert, wie das ein normaler Junge tun würde. So hat er schnell das Thema auf etwas Neues gelenkt, um diesen bedrückenden Augenblick zu entschärfen.

Zwei Tage später kommt die Oberschwester am Vormittag in Torstens Zimmer und packt seine Sachen. Etwas übertrieben freundlich sagt sie zu Torsten:

„Mein Guter, es ist jetzt so weit. Du wirst abgeholt und kommst in ein Kinderheim. Dort wirst du mit anderen Kindern Weihnachten feiern. Du wirst sehen, wie schön das wird. Und du wirst auch wieder in die Schule gehen . . . damit aus dir mal was wird."

Dann reicht sie Torsten seinen Anorak und den Rucksack und nimmt ihn an die Hand. Sie gehen gemeinsam zum Haupteingang hinunter, wo dieser komische, ältere Herr vom letzten Mal steht und auf sie wartet. Missmutig geht Torsten mit ihm zu dessen Wolga und steigt ein. Wieder einmal geht es in eine neue Umgebung. Wieder muss er neue Leute kennenlernen. Wieder Veränderung. Aber auch die Chance, das Leben da draußen kennenzulernen. Mit gemischten Gefühlen erwartet Torsten die Dinge, die da kommen werden.

15.

Kronach, Mitte Juli 1990

Torsten hastet durch die Gassen von Kronach, als ginge es um sein Leben. Und tatsächlich geht es genau darum: sein Leben, das er vor wenigen Minuten wiedergefunden hat. Sein Leben vor jenem Ereignis, das für so lange Zeit in seinem Gedächtnis ausgelöscht, besser gesagt unterdrückt, war. Im Bruchteil einer Sekunde ist alles wieder da gewesen, als er in jenem Haus – seinem Elternhaus, wie er jetzt weiß – gestanden hat, als er auf der Terrasse saß und in seiner Vision den Freund aus Kindertagen wiedererkannte. Alles ist wieder da. Auch sein richtiger Name! Und die Ereignisse, die zu jenem Gedächtnisverlust führten. Und alles ist so unfassbar! Torstens Herz schlägt bis zum Hals. Er rennt, hastet, läuft, hin zum Gasthof „Alte Eiche". Als er auf den Vorplatz des Gasthofes kommt, wird ihm schwindlig. Er hat sich zu sehr verausgabt, muss langsamer laufen. Ein paar Meter vor der Treppe bricht er zusammen.

Als Torsten zu sich kommt, liegt er auf einer Art Couch. Wie ist er hierher gekommen? Ein Mann mit akkurat gestutztem, leicht graumeliertem Vollbart beugt sich über ihn. Torsten versucht sich aufzurichten.

„Bleiben Sie noch ein wenig liegen, Herr Müller, ich habe Ihnen eine kleine Spritze gegeben – es wird Ihnen gleich besser gehen. Ich bin Dr. Roman, eigentlich

Kinderarzt, aber Sie sind hier, quasi vor der Haustür des Gasthofs, zusammengebrochen. Ihr Kreislauf spielt verrückt. War wohl etwas viel Aufregung heute, was?"

Dr. Roman lächelt spitzbübisch.

„Das kann man wohl sagen! Ich habe mein Leben und mein Gedächtnis wiedergefunden. Und meinen richtigen Namen, ich heiße eigentlich Breisacher, Torsten Breisacher!"

„Ja, so was kann einem schon mal die Beine wegziehen. Sagten Sie: Breisacher? . . . Torsten Breisacher ?. . . Sie sind nicht etwa der Sohn von unserem alten Feuerwehrchef Breisacher, oder?"

„Ja, der bin ich wohl . . . "

„Das ist ja . . . Sie sind aber groß geworden! Das letzte Mal, dass Sie bei mir waren – mit Ihrem seligen Vater damals – da sind Sie grad in die Schule gekommen. Das muss . . . ja mindestens . . . vierzehn, fünfzehn Jahre her sein . . . Wie ist es Ihnen denn in der Zwischenzeit ergangen?"

Torsten atmet tief durch.

„Das ist eine sehr lange und ziemlich komplizierte Geschichte . . . "

Torsten sitzt auf der Couch und sortiert seine Gedanken. Sascha hat sich neben ihn gesetzt.

„Dann bist du es also tatsächlich . . . ich hab's doch heut' morgen gleich gewusst! Du bist mein verschollener Sandkasten-Freund Torsten . . . Nun erzähl! Was ist passiert? Wie bist du nach Dresden gekommen?"

Eine kleine Schar Neugieriger hat sich um die Sitzgruppe versammelt und Torsten beginnt zu erzählen, was jetzt in seinem Gedächtnis wieder zugänglich ist. Die Ereignisse im Todesstreifen klammert er vorerst noch aus, zu schrecklich ist die Erinnerung daran. Er war ja damals erst zehn Jahre alt und hat die Gründe dieser Flucht nicht verstanden. Er weiß nur, dass es mit Mutters Arbeit zu tun hatte. Aber das zumindest erzählt er. Dr. Roman steht daneben und hört aufmerksam zu. Nach einer knappen Stunde hebt er den Kopf und sagt:

"Ja, ja, das war damals schon ein kleiner Skandal im Ort, als ein Haufen BND- und weiß-ich-was-für-Geheimbeamte hier Fragen gestellt haben. Aber niemand weiß bis heut', was damals wirklich passiert ist. Man hat nur ihren Vater gefunden, aber auch über seinen Tod kennt man hier keine Einzelheiten. Alle haben sehr geheimnisvoll getan und die Spekulationen sind ins Kraut geschossen. Jetzt wird einiges klarer."

Torsten schaut Sascha mit traurigem Blick an. Er muss es ihm jetzt sagen. Er senkt die Augen:

"Weißt du, Sascha, dein Vater hat uns damals über die Grenze gebracht. Er war es auch, der uns gewarnt hat. Ich weiß nicht, woher er das wusste, aber er war damals bei uns und hat uns gedrängt, über die Grenze in die DDR zu fliehen."

Sascha sitzt jetzt mit offenem Mund neben Torsten. Was erzählt sein alter Kumpel da? Sein Vater war daran beteiligt? Und hat nie was gesagt? Sascha dreht sich jetzt um:

"Vater?!... Wo ist mein Vater?... Wo ist Bernd?",
fragt er die Umstehenden. Niemand weiß es.

Da gellt ein Schrei vom Hof her. Die Köchin ist es offensichtlich, die da schreit. Ganz außer sich und leichenblass kommt sie hereingelaufen.

„Der Chef!...",
ruft sie,
„der Chef!... der hängt an der Eiche... So kommt's doch!... Der Chef...!"

Dann bricht sie in Tränen aus. Elektrisiert springen Torsten und Sascha auf, und gemeinsam mit der versammelten Zuhörerschaft laufen sie aufgeregt nach draußen in den Hof. Wie angewurzelt bleiben sie vor der Eiche stehen und können es nicht fassen.

„Vater... Vater... so helft doch mal!"

Sascha versucht vergeblich seinen Vater hochzuheben. Dr. Roman löst sich als Erster aus der Menge und greift sich die umgefallene Leiter. Er nimmt das Fleischermesser der Köchin aus der Hand und steigt schnell nach oben, um den Gasthofwirt vom Strick zu befreien. Als Bernd nach unten sackt, springt er von der Leiter und beugt sich über ihn. Er fühlt den Puls, leuchtet Bernd in die Pupillen und versucht eine Herzdruckmassage. Nach schier endlosen Minuten richtet er sich auf und wendet sich traurig zu Sascha um:

„Ich kann leider nichts mehr für ihn tun... Es ist zu spät, er ist tot."

Zwei Stunden später haben die Spurensicherung und der Gerichtsmediziner ihre Arbeit getan. Die ermittelnden Beamten sind mit ihren Befragungen der Zeugen fast fertig. Der leitende Kommissar tritt zu Torsten und Sascha, die wieder im Gasthof auf der Couch sitzen und spricht beiden sein Mitgefühl aus.

„Nun, wie es aussieht ist es eindeutiger Suizid. Keine Hinweise auf Fremdeinwirkung. Es tut mir leid, aber Ihr Vater, Herr Iskariót, hat sich wohl erhängt."

So eine blöde Aussage, denkt Torsten, *das ist ja wohl offensichtlich.* Kommissar Walther fragt unbeirrt weiter:

„Haben Sie den Abschiedsbrief gelesen?"

„Ja, klar.",

antwortet Torsten stellvertretend für Sascha, der noch immer mit den Tränen zu kämpfen hat.

„Der lag ja direkt neben der Leiter unter der Schnapsflasche."

Der Kommissar wendet sich jetzt Sascha zu.

„Kennen Sie die Vorgänge, auf die sich ihr Vater in seinen Abschiedszeilen bezieht? Wissen Sie, wen er erschossen haben will?"

„Das weiß Torsten besser als jeder Andere hier",

schluchzt Sascha. Torsten setzt sich gerade auf und erzählt in kurzen Sätzen über die Ereignisse von 1980, diesmal spart er auch nicht die Szenen, die sich im Todesstreifen abgespielt haben, aus. Kommissar Walther nickt zwischendurch ein paar Mal bedächtig. Als Torsten seine Erklärung beendet, sagt der Kommissar nachdenklich:

„Ich kann mich noch gut an den Fall erinnern. Es war eine ziemliche Schwierigkeit, damals zu ermitteln.

Überall nur Geheimbeamte und ständig unter der scharfen Kontrolle der Ost-Grenzer. Und nichts durfte nach außen dringen . . . Und wir haben damals in der Tat ein Geschoss aus einem Karabiner, vermutlich Suhler Fabrikat, gefunden. Aber nicht im Schädel vom Breisacher, sondern in einem Baum, ein Stück weit vom Breisacher entfernt. Die Kugel hat ihn also mit Sicherheit nicht einmal gestreift . . ."

Sascha horcht jetzt auf.

„*Mein Vater hat also den Vater von Torsten nicht erschossen?"*

„*Offensichtlich nicht, nein. Aber er war, wie es aussieht, Stasi-Spitzel."*

Kommissar Walther legt Sascha väterlich seine Hand auf die Schulter.

„*Wenn ich noch etwas wissen will, werde ich mich melden. Aber eigentlich ist für mich alles geklärt."*

Dann geht er. Kurz vor der Tür dreht er sich nochmal um:

„*Ach . . . und wenn ich Ihnen einen Rat geben kann, diese zwei Länder werden sowieso bald eins sein, da bin ich mir sicher. Und wie ich gehört habe, sind eine ganze Menge Akten der Staatssicherheit in Berlin und anderswo beschlagnahmt worden. Wenn Sie also irgendwann die Möglichkeit bekommen sollten, zögern Sie nicht, Akteneinsicht zu verlangen. Das steht Ihnen zu! Sie haben es verdient, die ganze Wahrheit zu erfahren."*

Dann geht er durch die Tür. Torsten und Sascha sind jetzt allein im Raum. Eine Weile sitzen sie schweigend nebeneinander. Dabei hätten sie sich doch so viel zu erzählen. Aber ihnen beiden ist nicht danach. Sascha hebt endlich den Kopf und fragt zu Torsten gewandt:

„*Und du willst wirklich noch heute wieder nach Dresden fahren? Du kannst mich doch jetzt nicht allein lassen?*"

„*Ich muss doch aber ... ich muss doch unsere Reisegruppe wieder nachhause begleiten...*"

„*Denkst du nicht, dass das der Busfahrer allein kann? Ich glaube, jeder hätte nach den Ereignissen des heutigen Tages Verständnis dafür, wenn du hierbleiben würdest. Auch dein Chef, der olle Schubert...*"

„*Naja... du hast recht. Und eigentlich gehöre ich ja hierher.*"

Torsten überlegt. Er schwankt zwischen seiner Heimat der letzten zehn Jahre und seiner eigentlichen Heimat hier in Kronach. Wenn er es sich recht überlegt, hat er ja niemanden in Dresden ... außer seiner Arbeit natürlich. Aber Arbeit findet er bestimmt auch in Kronach. Wenn da nur nicht sein schlechtes Gewissen gegenüber Schubert & Schubert wäre ...

„*Aber ich hab ja auch keine Bleibe hier...*",

versucht sich Torsten zu rechtfertigen.

„*Ach, da mach dir mal keine Gedanken! Ich habe nun genug Platz für uns beide. Und ich könnte jetzt hier viel Hilfe gebrauchen ... und außerdem müssen sie dir als Erbe natürlich euer Haus wiedergeben. Die Stadtverwaltung kann das jetzt nicht mehr einfach verhökern!*"

Torsten blickt erstaunt auf.

„*Du weißt von der Zwangsversteigerung?*"

„Hey, ich arbeite in einem Gasthof hinterm Tresen. Glaubst du wirklich, mir bleibt etwas verborgen, was in dieser Stadt vor sich geht?"

Sascha lächelt vorsichtig.

„Gleich morgen früh geh'n wir zur Stadtverwaltung – oder wer da eben zuständig ist – und beantragen die Rückübertragung an dich. Das sollte doch mit dem Teufel zugehen, wenn wir das nicht durchkriegen!"

„Mit dem Teufel ist hier schon genug zugegangen",

sagt Torsten doppeldeutig.

„Ja, da hast du wohl recht",

wird Sascha wieder nachdenklich.

Torsten gibt sich einen Ruck.

„Also gut, bis auf Weiteres bleib ich hier. Wir haben eine Menge aufzuholen. Ich gehe und sage dem Busfahrer Bescheid, dass ich nicht mitfahre."

Torsten stellt seinen weinroten Diplomatenkoffer, den er die ganze Zeit schon auf dem Schoß hatte, neben die Couch und geht aus dem Raum. Er ist sich jetzt recht sicher, das Richtige zu tun. Er gehört hierher. Hier will er leben. Hier ist seine wahre Heimat.

Als Torsten vor das Haus tritt, sind die meisten Reisegäste schon in den Bus gestiegen. Der Fahrer steht vor seinem Gefährt und raucht eine Zigarette. Torsten tritt zu ihm und teilt seine Entscheidung mit, woraufhin der Busfahrer ihn mitfühlend ansieht. Er versteht das – oder glaubt es zumindest. Dann ist der letzte Fahrgast auf seinem Platz. Der Chauffeur setzt seine Dienstmütze auf, lächelt Torsten zu und lässt mit einem lauten Zischen die Tür des Ikarus schließen. Es geht ein Ruckeln durch den Bus, als er den Motor anlässt. Eine schwarze Wolke quillt aus dem Auspuff und Torsten muss husten. Langsam rollt der Bus vom Hof und macht sich wieder auf die Reise nach Dresden, der Stadt, der Torsten wohl für immer den Rücken gekehrt hat.

Epilog
Kronach, selber Tag

Bauer Moser sitzt auf seinem grünen Lanz-Bulldog, der noch immer auf dem Vorplatz der „Alten Eiche" steht, und denkt nach. Was war da nur Ungeheures heute geschehen? Der Wirt seiner Stammkneipe, den er nach mehr als eineinhalb Jahrzehnten immer noch als den Neuen bezeichnet, hat sich erhängt, weil er angeblich den Breisacher erschossen hat. Völlig unmöglich! Die waren doch Freunde . . . oder zumindest gute Bekannte! Und die Breisacherin und der Bernd sollen Stasi-Spitzel gewesen sein? Niemals! Bauer Moser ist tief erschüttert. Sollte man sich doch so in den Menschen getäuscht haben? Oder war es am Ende ganz anders? Er weiß nicht mehr, was er noch glauben soll. Was hat diese Mauer nur aus den Menschen gemacht, die hüben und drüben wohnen? Sicher, man passt sich an. Man will ja überleben. Und am Ende zählt das eigene Glück. Aber seinen Nächsten so über die Klinge springen zu lassen? Nein, das will ihm nicht in den Kopf. Er wehrt sich dagegen, so schlecht von den Menschen zu denken, die er so lange kennt. Doch was heißt Kennen? Wen kennt er wirklich? Offenbart sich nicht der wahre Charakter eines Menschen erst in der Not? So hat es ihn wenigstens sein Vater gelehrt. Und das Leben. Aber wahre Not hat es seit den Fünfzigern nicht mehr gegeben. Zumindest nicht an der Oberfläche. Scheinbar gibt es aber auch eine Not zwischen den Menschen, wenn es um das Vorankommen des eigenen Selbst geht. Diese Not ist, wie es scheint, allgegenwärtig in der Natur des Menschen. Moser glaubt, irgendwo gelesen zu haben, dass man das Opportunismus nennt. Ja, jetzt erinnert er sich - das war ein Spruch in seinem Abreißkalender. Der lautete:

Opportunismus ist die Kunst, mit dem Winde zu segeln, den andere machen.

Doch wer hat hier welchen Wind gemacht? Wer blies den Akteuren dieses Dramas jenen Marsch, nachdem sie alle marschierten? Und hätten sie sich nicht dieser heißen Luft entgegenstellen müssen? Gewiss, man muß Kompromisse machen im Leben, denn nicht alles kann man kontrollieren. Die eigene Freiheit endet, wo die Freiheit der Anderen anfängt . . . aber wer sind „die Anderen"? Und wie bedienen sich diese „ihrer" Freiheit? Und wie achten „die Anderen" die Freiheit des eigenen Ich? Und wo hört der Kompromiss auf und wo fängt der Opportunismus an?

Moser ist verwirrt. Wo kommen nur all diese Gedanken her? Es könnte doch alles so einfach sein: „Was du nicht willst, dass man dir tu', dass füg auch keinem Anderen zu . . ."

Aber scheinbar hat das Leben andere Antworten, als die Weisheit eines Schafzüchters sich träumen lässt.

Bauer Moser lässt den Zündschlüssel ins Schloss gleiten und startet den Einzylinder-Diesel, der sich mit einem Ruckeln im Gefährt zum Leben meldet und dann laut das wohlbekannte „Bepp ... bepp ... bepp, bepp, bepp ...." anstimmt, welches den Traktorpiloten so sehr an seine Jugend erinnert. Und an die Einfachheit seiner kindlichen Weltsicht. Ach, wenn doch die Welt so einfach geblieben wäre ...

Moser tuckert mit seinem Trecker und dem Anhänger voller Heckenschnitt aus Breisachers Garten wieder Richtung Kuhberg und freut sich auf seine Schafe.

Sequel
Dresden, Sommer 1996

Torstens Hände sind vor Aufregung schweißnass. Saschas Hände auch. Sie rutschen beide nervös auf den Stühlen im Wartebereich der BstU herum und erwarten angespannt, dass ihre Namen aufgerufen werden. Sofort heute morgen sind sie ins Auto gestiegen und nach Dresden gefahren, nachdem sie gestern diesen Brief von der sogenannten Gauck-Behörde in der Post hatten. Ihrem Antrag auf Akteneinsicht ist stattgegeben worden. Sie dürfen jetzt endlich die Wahrheit über die Vorgänge um Torstens Mutter, Saschas Vater und dem, was sich im Jahre 1980 abgespielt hat, erfahren.

Gleich im Herbst 1990 haben sie gemeinsam einen Antrag beim Beauftragten der Bundesregierung für die Stasi-Unterlagen der DDR eingereicht. Und dann kam das lange Warten: sechs lange Jahre. In der Zwischenzeit hat Torsten das elterliche Haus zurückübertragen bekommen und wohnt schon drin. Fleißig steckt er jeden Pfennig, den er verdient, in das kleine Häuschen und richtet es Stück für Stück her. Und er ist mittlerweile Teilhaber bei Sascha Iskariót geworden. Gemeinsam betreiben sie nun den Gasthof „Alte Eiche" in Kronach. Kaum ein Tag ist seitdem vergangen, an dem sie nicht über die Ereignisse von damals gesprochen hätten – sehr zehrt die Erinnerung noch vor allem an Torstens Kraft.

Jetzt ist es endlich soweit! Die Tür geht auf und eine freundliche ältere Dame ruft Torsten und Sascha in den Leseraum. Sie schiebt einen Rollwagen mit einem großen Stapel Akten hinter ihnen in den Raum. Torsten und Sascha setzen sich. Sascha wirft einen erschrockenen Blick auf den Stapel und stöhnt

„Uff... dafür werden wir ja Tage brauchen – so ein Haufen Papier!"

„Sie können sich auch gern etwas kopieren lassen und mit nachhause nehmen, wenn sie es nicht schaffen, das durchzuarbeiten."

Die freundliche alte Dame lächelt.

Torsten greift zum Stapel und sortiert erst mal die Aktenordner nach der Inhaltsangabe. Der vierte Ordner hat die Bezeichnung „Operativer Vorgang *Eiche*". Zielsicher nimmt er die Akte und legt sie auf den Tisch vor sich. Er winkt Sascha heran und bedeutet ihm, mit hineinzuschauen. Was sie lesen, verschlägt beiden den Atem...

Herbst 1969. Gesine Beyer ist aufgeregt. Zum ersten Mal fährt sie zu einem Konzert, das diese hippe Kommune veranstaltet. Ihren Eltern hat sie erzählt, dass sie nur zu einer Freundin im Münchner Umland fährt. Lange hat sie das vorausgeplant – auch eine Halb-Lüge darf nicht auf tönernen Füßen stehen. Schon gar nicht bei ihrem strengen Vater, der im bayrischen Innenministerium arbeitet. Der kontrolliert immer alles nach und will es zwei- oder besser dreifach abgesichert wissen. So musste auch die Mutter der Freundin einbezogen werden. Glücklicherweise hat sie mitgespielt, weil sie Verständnis für die Mädchen und ihr Ansinnen hat. Außerdem findet das Konzert gleich im Nachbarort statt, was soll da schon schiefgehen? Da kann man schon mal ein wenig mogeln und die Mädchen decken. Die sind schließlich schon groß, fast achtzehn Jahre. Und wohlerzogen, da ist sie sich sicher.

Gesine und ihre Freundin springen aus dem VW Käfer der Mutter. Sie holen sich brav noch ein paar Ermahnungen ab: nicht zu viel trinken, Kontrolle behalten und unter keinen Umständen an der Zigarette von jemand Anderem ziehen! Gesines Freundin muss dabei etwas grinsen, aber sie verkneift es sich sofort wieder. Dann entlässt sie die Mutter mit einem Augenzwinkern zu ihrem ersten großen Konzert.

Die beiden Mädchen biegen in den Torbogen des ehemaligen Vorwerks ein und sind mitten drin im Trubel. Hunderte junger Leute sind schon da. Freaks und Normalos, ein paar Ledertypen mit Motorrädern und jede Menge Menschen in bunten Klamotten bevölkern den Hof - rauchen, trinken, diskutieren oder haben sich lieb. Vor dem Stall steht eine hastig aus Brettern und einem alten Anhänger zusammengezimmerte Bühne, wo die Musiker gerade ihre Instrumente aufbauen. Links ist das Gutshaus, davor stehen einige Tische, an denen Gebackenes, Weißwurst und Bier – einige Schritte weiter selbstgemachter Wein und Apfelsaft - verkauft wird. Gesine und ihre Freundin entscheiden sich für Apfelwein. Dann schlendern sie ziellos über den Hof und schauen sich das bunte Völkchen an.

Eine halbe Stunde später gehen die ersten Musiker auf die Bühne und beginnen mit einem Rasseln und Klappern, eine elektrische Geige klingt, als würde sie gerade gestimmt werden, dazu komische Laute aus einer Tröte. Eine für Gesines Ohren sehr gewöhnungsbedürftige, atonale Geräuschmusik. Die Frau auf der Bühne beginnt mit einer Art Gespenstergeheul, in das einer der Musiker einsteigt, als ein junger Mann mit nacktem Oberkörper und halblangen Haaren an Gesine und ihre Freundin von hinten herantritt.

Mit wichtiger Miene sagt er:

„Das ist Amon Düül zwo . . . aus München . . ."

Er schaut in zwei fragende Gesichter und fügt schnell erklärend hinzu:

„Die Kommunarden aus der Leopoldstraße . . ."

„Aha . . . so so . . . und wie heißt dieses . . . Opus, das die hier darbieten?",

fragt Gesines Freundin mit spitzem Mund. Der junge Mann beugt sich mit verschwörerischem Lächeln zu den beiden Mädchen und raunt:

„Phallus Dei".

Dann zieht er die Augenbrauen in die Höhe. Gesine kann den Jungen riechen. Zwar leicht verschwitzt, ist es doch ein für Gesine erstaunlich angenehmer Geruch, der sie irgendwie im Inneren berührt. Ein leicht kribbelndes Gefühl macht sich in ihrem Bauch breit.

„Was soll das heißen . . . Phallus Dei?",

fragt Gesines Freundin und legt die Stirn in Falten. Gesine weiß es natürlich – schließlich hat sie Latein gehabt - aber sie zieht es vor, niedlich zu finden, wie der junge Mann errötet und ein wenig in Erklärungsnot gerät.

„*Äh ... naja ... so was, wie Gottes ... äh ... Schniedelwutz oder so.*"

Jetzt steigen Schlagzeug, Congas und Bass ein und die Gitarre gniedelt dazu ein ellenlanges Solo. Die Musik steigert sich langsam in ein rhythmisches Crescendo.

Der junge Mann steht ganz dicht hinter Gesine, fasst sie an den Hüften und beginnt im Rhythmus der Band zu zucken. Gesine findet das sehr angenehm. Sie versucht sich etwas an den Jungen anzulehnen, der Apfelwein hat wohl doch schon ein wenig ihre Hemmungen gedämpft.

Als das Chaos auf der Bühne etwas leiser wird, löst sich der junge Mann von Gesine, greift in seinen Brustbeutel und holt eine konisch geformte, selbstgedrehte Zigarette heraus. Er steckt sie sich an und nimmt einen tiefen, genussvollen Zug. Dann reicht er die Zigarette an Gesines Freundin weiter. Die lehnt verschämt ab, erschrickt aber gleich darüber, dass Gesine ohne Zögern zugreift und beherzt an dem Joint zieht. Als Gesine den Rauch ausatmet, muss sie husten. Dann aber läuft ein Kribbeln durch ihren Körper, das sich in einer wohligen Wärme auflöst.

Wenig später weitet sich Gesines Stereo-Empfinden. Der Sound wird sehr breit, so als würde jemand die Boxen-Türme der Band auseinander schieben. Sie lehnt wieder mit dem Rücken an dem Jungen, der sie von hinten umfasst und zärtlich ihren Bauch streichelt. Den Joint haben sie beide mittlerweile aufgeraucht. Die Band spielt nun tatsächlich ein paar Dur-Akkorde, unterbrochen von kurzen Geigen- und Mandola-Melodien. Ein Musiker schreit in schlecht verständlichem Englisch irgendetwas von *Minotaurus* und *Magic-Stick*, während die Frau wieder in ihr Gespenstergeheul ausbricht. Aber Gesine findet das gar nicht mehr so furchtbar, wie am Anfang. Eher klingt es auf einmal, als müsste das so sein – als ob es große Kunst wäre. Wahrscheinlich ist es das auch. Zumindest denken das die meisten Leute auf dem Konzert, glaubt Gesine. Und irgendwie sind die Farben nun auch viel bunter ...

„Wie heißt du eigentlich?",

haucht Gesine halblaut in des Jungen Ohr.

„Eigentlich Hans-Georg, aber alle hier nennen mich Blue, das finde ich auch viel besser."

„Wegen deiner blauen Augen?"

Gesine schaut ihm tief in die Pupillen und – ja – diese Augen sind verdammt blau! So blau, dass scheinbar Myriaden von Schmetterlingen aus Gesines Sonnenchakra herausströmen und sich überall in ihrem Körper breitmachen und herumflattern.

Zwei Stunden, zwei Apfelwein und einen Joint später findet sich Gesine im Heu liegend wieder. Wie in Trance ist sie dem Jungen in die Scheune gefolgt. In ihrem Kopf dreht sich ein buntes Karussell und immer wenn der Feuerwehrwagen vorbeikommt, lehnt ein trauriger Clown heraus und heult wie ein Gespenst. Gesine nimmt noch war, dass sehr viele junge Menschen – männlich, weiblich, und was auch immer – in diesem Heuhaufen liegen. Und alle haben irgendwas miteinander zu tun. Sie sinkt mit Blue in ein Durcheinander von Armen, Beinen, Heu und überflüssigen Kleidungsstücken. Dann wird es dunkel.

Zwei Wochen später sitzt Gesine in einer abgedunkelten Wohnung. Blue hatte sie angerufen und wollte sie sehen. Stattdessen sind hier aber komische Männer, die sie in diesen Raum geführt haben. Gesine hat Angst.

Ein Herr, vermutlich Mitte Vierzig, mit streng zurückgekämmtem, grauem Haar und einer Hornbrille betritt betont dynamisch den Raum.

„Guten Tag, Fräulein Beyer, ich bin Herr Volkers von der IMPEX GmbH &Co. KG. Ich möchte Sie bitten, sich mit mir einen kurzen Film anzuschauen."

„Was wollen Sie von mir?!"

Gesine ist das Ganze überhaupt nicht geheuer.

„Keine Angst, Fräulein Beyer, wir tun Ihnen nichts. Ich möchte nur mit Ihnen diesen Film anschauen und dann unterhalten wir uns etwas. Mehr nicht. Versprochen!"

Volkers lächelt süffisant.

Der andere, jüngere Mann, der bis jetzt noch kein Wort gesagt hat, zieht die Vorhänge ganz zu und schaltet einen kleinen Filmprojektor an. Was Gesine sieht, schockiert sie. Das sind Filmaufnahmen von dem Konzert in diesem ehemaligen Vorwerk, wo Gesine Hans-Georg alias Blue kennengelernt hat. Die Kamera zeigt erst eine Menschenmenge vor der Bühne. Gesine erkennt sich von hinten mit Blue eng umschlungen. Sie sieht sich mit ihm abwechselnd an dem Joint ziehen. Dann ein Schnitt, das Innere einer Scheune ist zu sehen. Eine Menge junger Leute sind da, sie liegen im Heu und machen augenscheinlich Liebe. Die Kamera zoomt heran und Gesine sieht sich selbst mit Blue im Heu liegen. Aber da sind noch zwei andere Jungs. Daran kann sie sich gar nicht erinnern. Was die Jungs da mit ihr anstellen . . . Gesine wird übel. Sie sackt auf dem Stuhl in sich zusammen und möchte am liebsten vor Scham im Erdboden versinken.

Volkers schaltet den Projektor aus und der andere Mann zieht die Vorhänge wieder etwas auf.

„So, Fräulein Beyer, nun möchten wir uns ein wenig über das eben Gesehene unterhalten."

Gesine wird leichenblass. Sie zittert am ganzen Körper.

„Fräulein Beyer, wir wissen, wer Sie sind. Und wir wissen, wer Ihr Vater ist. Und wir wissen auch, wie Ihr Herr Vater – und noch schlimmer – die Öffentlichkeit auf diese Filmaufnahmen und die Fotos, die wir hier in diesem Umschlag haben, reagieren werden. Ich will nicht lange darum herumreden. Wir möchten mit Ihnen einen Handel abschließen. Einfach nur ein kleines Geschäft. Was denken Sie?"

Gesine fängt sich etwas. Sie empfindet nur noch abgrundtiefe Verachtung. Für die beiden Herren und für Blue. Besonders für Blue. Wie konnte sie nur in diese Situation kommen? Eine astreine Erpressung, das ist ihr jetzt klar. Aber sie sieht nicht, wie sie da herauskommt. Außer, sie lässt sich auf die Erpressung ein.

„Was wollen Sie von mir?",

fragt Gesine tonlos. Volkers richtet sich auf.

„Nun, Fräulein Beyer, wir sind bereit, den Film und die Fotos verschwinden zu lassen. Voraussetzung dafür wäre, dass Sie etwas für uns tun. Keine Angst, nichts Schlimmes! Sie sollen nur etwas tun, was junge Mädchen wie sie andauernd tun. Sie sollen einen jungen Mann . . . umgarnen, sag ich mal . . . und ihn zu ihrem . . . ähm . . . Freund machen. Ich drücke es mal vorsichtig aus."

Volkers lächelt wieder süffisant.

„Da wird im nächsten Frühjahr eine DDR-Band auf Konzertreise nach Kronach kommen, Iskariót-Formation heißen die . . . und der Bandleader, Bernd Iskariót, ist ein, wie Sie hier wahrscheinlich sagen, fescher Bursche . . ."